AF344899

Les Chroniques de Thomassin Von Knochen

~

Volume 2

MALÉFICIENCE

Anaïs Guiraud

Crédits :

Couverture : Delhya Studio Graphique

Mise en page : Lily Padioleau autrice

« *Aux siècles primitifs, une île, immense et belle,*
Nourrice jeune encor d'un peuple de géants,
Livrait à ses fils nus sa féconde mamelle,
Et sa hanche robuste au choc des océans. »

Stanislas de Guaita

Occultiste & poète

Chapitre I
La Fosse

Tonnerre, fin août 1351

— C'est ici ? grommela Thomassin. Comment allons-nous procéder ?

Il contemplait l'immense trou qui débordait d'une eau claire et fraîche. Elle cascadait entre les pierres couvertes d'algues aux reflets verts. Le crépuscule lançait ses derniers feux dans le ciel orangé de la fin août et conférait à la source des tons turquoise irréels. On eût dit que l'œil énorme de quelque créature fantastique s'ouvrait sur les profondeurs insondables. À ses côtés, Otto haussa les épaules.

— Cette source est sans fond, d'après les habitants du village, et maudite avec ça. Inutile d'y plonger, si c'est cela que vous aviez en tête !

Le chasseur poussa un soupir pour contenir la colère qui lui montait à la gorge. Ses poings le démangeaient dès que le mage ouvrait la bouche.

— Fort bien. Cependant, cela ne répond pas à ma question, s'efforça-t-il de répliquer avec un calme relatif.

— Pas d'inquiétude, énonça Regelswinthe de sa voix grave, je vais me charger de faire sortir ce ver de son trou.

Thomassin se tourna vers le second mage et lui adressa un rictus macabre, comble de la bonne humeur chez lui. Autant Otto lui tapait sur les nerfs de façon telle qu'il rêvait tout bonnement de le tuer, autant il appréciait la présence imposante et tranquille de son acolyte. Bien que l'homme soit magicien, il ne retrouvait pas trace en lui de l'arrogance qu'il avait pu constater jusque-là chez ses pairs. Cela n'en faisait pas moins un être d'une force redoutable dont il fallait se méfier.

— Parfait ! déclama Otto. Quand la bête fera surface, toute pleine de crocs et de colère, son attention sera détournée par... eh bien, par notre « appât », dit-il en désignant plus loin sur les rochers un tas de cadavres à moitié putréfiés. Je lui ferai alors tâter de mon feu...

À ces mots, ses pupilles écarlates brillèrent dans la demi-obscurité.

— Ensuite, eh bien, ce sera à vous de jouer !

Une grimace se peignit sur le visage du limier qui déforma encore plus ses traits qu'à l'accoutumée. Il passa une main gantée sur sa joue gauche et caressa la cicatrice qui le défigurait.

— Connaissons-nous la taille de cette créature ?

— D'après mes renseignements... pas exactement. Les villageois l'estiment longue de trois toises[1], mais peut-on se fier à ces béotiens ? Ils savent à peine compter leurs dix doigts ! déclara-t-il, plein de morgue.

Thomassin siffla entre ses dents et ignora l'insolence habituelle d'Otto. Trois toises... La partie était loin d'être gagnée d'avance, même avec deux mages pour l'épauler. Il rajusta ses ceintures et éprouva le poids rassurant des lames bénites.

— Que disent-ils d'autre ? Quelque chose qui puisse nous aider ?

— Les lavandières qui viennent à la fosse le jour ne subissent jamais d'attaque, assura le mage. La bête sort nuitamment rôder dans les rues, mais son corps reste toujours dissimulé dans les eaux souterraines. Elle s'en prend aux

---

[1] Ancienne mesure de longueur valant 1,949 m.

égarés, aux éméchés et aux imprudents. Parfois, la source régurgite les dépouilles. On les retrouve alors la face bleue et la langue noire pendant de leur bouche béante. Il arrive que, surprise par le guet, le monstre n'ait pas le temps de les emporter. Ceux-là sont empoisonnés par son souffle venimeux. Ils décèdent souvent quelques jours plus tard, dans des souffrances abominables. Certains survivent assez longtemps pour raconter leur rencontre...

— Charmant, grinça le limier, mais allez-y, dites-m'en plus, je meurs d'impatience.

— Vous me cassez tous mes effets, maugréa Otto, contrarié, mais soit. Ils décrivent tous une immense créature qui s'apparente à un serpent. Ce dernier, comble de l'horreur, possède une tête de coq hideuse.

— Une tête de coq ? répéta Thomassin, incrédule.

— C'est ce qu'ils disent. Le regard de cet animal, hybride d'oiseau et de reptile, pétrifie de terreur quiconque le croise. C'est le moment que choisit la bête pour attaquer et paralyser sa victime de son souffle empoisonné, avant de l'emporter dans les profondeurs de la fosse, d'où elle ne ressort jamais. En tout cas, pas vivante !

Thomassin jura. Par les mamelles de sainte Brigitte, un basilic ! Une créature dangereuse et maléfique. Il craignait que les deux mages aient eu les yeux plus gros que le ventre. Trois hommes, même aussi expérimentés qu'eux, souffriraient pour en venir à bout. Otto surprit son expression désabusée et reprit :

— Vous croyez que ce ne sera pas une partie de plaisir et vous avez raison ! Heureusement, votre bon vieil Otto pense à tout. Ces malebestes redoutent le feu, je l'en abreuverai tant qu'il vous suffira de lui trancher le col. Regelswinthe tiendra la source à sec pendant ce temps, coupant toute retraite à la créature. Cela devrait être rapide et sans douleur.

Le chasseur secoua la tête, faisant voler ses cheveux noués en catogan à l'arrière de son crâne.

— Il n'y a qu'une manière de s'en assurer, gronda-t-il.

Regelswinthe acquiesça avec vigueur et ses yeux prirent, dans la pénombre qui tombait sur le bourg, un éclat d'un bleu saphir. Il remua ses mains, larges comme des battoirs, au-dessus du gouffre de la source. Avec un bruit de succion désagréable, l'eau arrêta sa course avant de refluer vers les abîmes d'où elle jaillissait.

Ce spectacle contre nature fascina Thomassin, qui regarda l'eau se vider et des rochers couverts d'algues gluantes apparaître. Le son cessa et un silence de mort s'abattit sur les environs. Le chasseur tira ses lames, scrutant la grotte asséchée, dont les contours luisaient sous les derniers feux de l'astre solaire. Ils patientèrent tous les trois tandis que les ombres s'étiraient de plus en plus.

Lorsque le soleil ne fut plus qu'un souvenir, Otto déclencha à son tour son pouvoir. Ses prunelles se teintèrent de leur lueur de braise et, d'un seul élan, il enflamma les torches disposées au pourtour. Alors que Thomassin trouvait que le monstre se faisait attendre, un bruit sourd s'éleva et un violent tremblement secoua la terre sous leurs pieds. Les roches autour d'eux frémissaient à l'approche de la bête qui grondait dans le ventre de la source vide.

— Souvenez-vous, leur cria Otto, son venin est mortel. Évitez autant son haleine que ses crocs !

Le limier pesta et se ramassa sur lui-même. Dans quel pétrin s'était-il fourré ? Tout cela par la faute de ce foutu magicien de foire ! Il n'eut pas le temps de s'appesantir sur sa rancœur : dans une gerbe de fines gouttelettes, bec acéré en avant, crête rougeâtre sur ses écailles serpentines, le monstre apparut. Son corps sinueux se parait d'un vert soutenu. Sa langue fourchue saillait de sa gueule et il émettait des chuintements furieux, dérangé par l'absence de l'élément liquide qui constituait son environnement habituel. Il rampa hors de la fosse et se dressa, couvrant les trois humains de son ombre démesurée. Sans faire cas des offrandes peu fraîches qu'ils lui proposaient, il reporta son attention sur eux.

— Trois toises, hein, fulmina Thomassin. Il en fait au moins six !

— Je vous l'ai dit, répliqua Otto en haussant les épaules. Ils ne savent pas compter.

Il prit une longue inspiration puis, d'un mouvement ample, souffla sur sa paume ouverte en visant la gueule sifflante du monstre. Une gerbe de flammes s'abattit sur la créature qui hurla. Elle recula pour mieux lover son corps massif contre les parois de la fosse et s'aperçut que toute retraite était coupée. Légèrement en surplomb sur une roche saillante, Regelswinthe contenait toujours l'eau à l'aide de son sortilège. Vivace, la malebeste fondit sur le magicien, son bec proéminent tendu vers lui. Le chasseur la prit de vitesse et bondit vers elle, lames en avant. Il lui asséna un coup au-dessus d'un œil avant de reculer. Un sang noir se mit à ruisseler de la plaie qu'il lui avait infligée. Otto s'empressa de diriger ses flammes vers le liquide épais, qui prit feu comme s'il était composé d'alcool. La bête émit un sifflement sinistre. Elle reflua vers la grotte, mais elle n'avait pas dit son dernier mot.

Vicieuse, elle se ramassa sur elle-même, avant de se dérouler pour frapper à nouveau Regelswinthe. L'assaut manqua sa cible et Thomassin parvint à lui enfoncer une de ses épées dans le cou, juste sous la hideuse tête de volatile qui trônait sur ce corps reptilien. Elle hurla derechef alors que les flammes rougeoyantes atteignaient son front. Elle sinua entre les pierres humides, bien décidée à changer d'objectif. Elle les jaugea de ses iris jaunâtres qu'une mince pupille verticale fendait en deux. Le chasseur sentit son regard de serpent glisser sur lui et un frisson le saisit. Le basilic avait choisi : c'était lui, son véritable adversaire. Il se dressa soudain et frappa à une vitesse phénoménale. Thomassin s'écarta un peu trop lentement et eut le temps de contempler la créature droit dans les yeux, avant que son bec ne le frôle et lui entaille le bras.

Otto le repoussa à l'aide d'une nouvelle salve de feu brûlant, mais le mal était fait. Le souffle empoisonné avait pénétré le corps du limier. Les lèvres de la plaie prirent immédiatement une vilaine teinte violette et boursouflée. Déjà, sa vue se brouillait et il sentait une douleur cuisante monter de la blessure. Il devait en finir rapidement. Il saisit plus fermement la garde de ses épées et psalmodia :

— *Au commencement était le Verbe, et le Verbe était en Dieu, et le Verbe était Dieu*[2].

Les lames bénites se mirent à luire d'un éclat argenté, les versets gravés à même le métal brillaient dans la nuit comme la froide lueur des étoiles.

— Otto ! Distrayez-le !

Le mage ne se fit pas prier et obéit séance tenante. Il souffla, abattant une véritable tornade de lave sur la créature. Thomassin prit appui sur l'une des roches nues, et sauta sur le dos du basilic. Le fer s'enfonça dans son col, découpant la chair grasse et flasque. Une gerbe de sang noirâtre éclaboussa le chasseur et ses acolytes. Il appuya, trancha tendons et muscles jusqu'à l'os. Un grondement furieux monta de la poitrine du monstre qui tenta vainement de s'échapper. Thomassin pesa de toutes ses forces, déclamant toujours les mots sacrés.

— *En lui était la vie et la vie était la lumière des hommes, et la lumière brille dans les ténèbres, et les ténèbres ne l'ont point comprise*[3].

Dans un sursaut, le visage maculé du liquide poisseux, il leva bien haut l'acier luisant que l'incendie déclenché par Otto éclairait. Il abattit son épée une dernière fois, fouaillant la viande rosâtre jusqu'au cœur, que la pointe effilée perça. La bête s'écroula, vaincue.

---

[2] Évangile de Jean, 1 : 1.
[3] Évangile de Jean, 1 : 5.

Un silence de mort retomba sur les combattants. Thomassin acheva son travail et découpa le chef de l'animal. La preuve de leur devoir accompli. L'exigence du Conclave, aussi. Il se demanda ce que ces vieux sorciers malfaisants pouvaient bien avoir à faire d'une tête de coq géante, mais n'eut pas le temps de s'appesantir sur la question. Il ne sentait plus sa main et s'aperçut qu'il avait lâché l'une de ses épées. Il lança un regard de détresse à Regelswinthe, qui descendit de son piédestal et se rua vers lui, juste pour le recevoir alors qu'il s'écroulait entre ses bras.

— Tenez bon, lui assura le colosse, nous allons nous occuper de vous.

Il tenta de parler mais sa langue, gonflée, paralysée, ne lui permit que d'émettre un râle pathétique. Les prunelles du mage se teintèrent d'un éclat de saphir alors qu'il entreprenait de laver l'entaille à grande eau pour effectuer les premiers soins. Le rugissement de l'onde qui regagnait la fosse emplit ses oreilles d'un sifflement sourd et ce fut la dernière chose qu'il entendit.

Maudits magiciens, songea-t-il, avant qu'un gouffre noir ne l'engloutisse.

Chapitre II
L'Academia

Fribourg, 2 septembre 1351

Albrecht s'étira et bâilla longuement. La lumière vacillante des lampes à graisse ne suffisait plus à le tenir éveillé et il s'aperçut qu'il relisait la même ligne pour la troisième fois, sans la comprendre. Les lettrines ouvragées dansaient devant lui, il était plus que temps d'aller se coucher.

En dehors des parchemins qu'il devait étudier, il s'usait les yeux sur le curieux incunable ramené par Thomassin. Le livre, épais et relié d'un cuir très souple dont il n'identifiait pas l'origine, contenait des illustrations cryptiques. De larges dessins de plantes inconnues ornaient les différentes pages, souvent accompagnées de représentations féminines qui se baignaient dans d'improbables bassins. Le tout entouré d'une écriture cursive incompréhensible. Si Conquête ou ses acolytes de l'Atlantide l'avaient rédigé, alors ce dernier était codé. Il demeurait persuadé que le strigoï tenait à cet ouvrage, tout comme la boîte mécanique complexe décrite par Thomassin.

Il frotta ses paumes sur son visage fatigué. De lourds cernes violacés ourlaient ses yeux d'habitude vifs. Un an, songea-t-il. Un an qu'il était enfermé à l'Academia, comme négocié avec le Saint Empire. Un an sans parcourir les routes avec son ami. Comme cela lui manquait ! Il entretenait aussi l'intime conviction que le temps pressait. C'est pourquoi, en sus des cours d'alchimie et d'arts occultes, il continuait, en secret, à analyser l'étrange manuscrit, tout comme le journal de l'Ermite de Herzee qu'il avait conservé.

Il soupira et ferma le livre, pour se diriger vers la porte de la bibliothèque. Les couloirs déserts étaient plongés dans les ténèbres que seules quelques torchères repoussaient. Il ne craignait pas de rencontrer un camarade ou un professeur, à cette heure. La peste qui faisait toujours rage avait clairsemé leurs rangs, seule une petite poignée d'étudiants demeurait en ces murs, ce qui ne permettait pas de nouer des amitiés. Certains étaient des apprentis mages, avec lesquels il partageait peu de points communs. Outre l'infection galopante qui décimait la population, ceux-là étaient rares, de toute façon. Quand il regagna sa chambrée, il abandonna sa robe de disciple, d'une couleur garance agrémentée d'un liseré d'or qui reproduisait les armes du Saint Empire.

En chemise, il ouvrit la croisée pour laisser pénétrer l'air frais qui balayait Fribourg. Son regard plongea en contrebas, sur les faubourgs paisibles qui longeaient les berges de la Sarine. Un calme apaisant se dégageait de la ville, dont le commerce prospérait grâce à une bourgeoisie affairiste et intelligente. La présence de l'Academia en renforçait le prestige. Les élégantes maisons aux toits de tuiles foncées et, surtout, la puissante cathédrale au clocher vertigineux témoignaient de la richesse de la cité.

Il s'accouda un instant à la fenêtre pour profiter de la légère brise humide qui montait de la rivière. Albrecht somnolait presque lorsqu'une petite lueur mordorée attira son attention. De l'étage supérieur, une poudre brillante tombait avec grâce vers lui. Dans cette nébulosité, il vit se dessiner les contours d'un papillon aux ailes fragiles. L'insecte magique vint se poser délicatement et effleura ses lèvres, y laissant un goût de miel fleuri. Son cœur bondit dans sa poitrine. Sarah ! Il ne pouvait s'agir que de la jeune femme !

Un large sourire se peignit sur ses traits, mêlés à une sourde tristesse. Elle lui manquait terriblement, peut-être encore plus que l'ombrageux chasseur. Séparés de par leurs sexes, ils n'avaient trouvé que ce moyen de communication, hélas à sens unique. Les pouvoirs de la jeune fille s'épanouissaient entre les murs de l'Academia, alors que les siens restaient au point mort. Il ne parvenait pas à comprendre comment tout cela fonctionnait et, à dire la vérité, cela lui importait peu. Il ne souhaitait qu'une chose : retrouver ses amis.

La créature s'évanouit dans une gerbe d'étincelles d'or et il referma la fenêtre. Il s'allongea, mais le sommeil comme toujours le fuyait. Habitué au dortoir de l'abbaye de Mittelsbach, l'absence totale de bruit l'empêchait de sombrer. C'est seulement lorsque les pâles lueurs de l'aube pointèrent au fond d'un ciel d'encre qu'il trouva enfin le repos.

— Albrecht ! ALBRECHT !

La voix sonore résonna dans la pièce envahie de rouleaux et de parchemins qui débordaient des tables et même de paniers posés à même le sol. Un coup violent s'abattit sur le pupitre à son côté. Le jeune homme releva la tête avec peine, les yeux encore embués de sommeil. La face sévère de son professeur acheva de le réveiller tout à fait et il se redressa d'un bond.

— Je ne dormais pas !

— Oh, que si ! tonna le maître. Je ne sais s'il s'agit de ma voix ou des enseignements d'Hermès Trismégiste qui te bercent ainsi, mais je ne tolère pas plus la fainéantise que le manque d'intelligence !

Penaud, le jeune homme baissa la tête, la honte s'étalant sur ses joues hâves.

— Je crois que tu ne possèdes ni l'un ni l'autre, continuat-il d'un ton plus doux, alors, si tu me disais ce qui te préoccupe au point de te priver de sommeil, je pourrais peutêtre t'aider.

Le garçon hésita. Cela faisait des nuits et des nuits qu'il passait sur ce manuscrit sans faire de progrès. Les enseignements reçus, qui contribuaient pourtant à comprendre les arcanes hermétiques de la philosophie tant naturelle que morale, de l'astrologie et des mathématiques, ne lui étaient d'aucun secours face à cette énigme. Dans le même temps, il ne savait s'il avait le droit de partager ce secret avec quelqu'un d'autre que Thomassin et Sarah. Il considéra son maître. Nicolas de Sienne était un brillant astronome, versé dans de nombreux domaines scientifiques, et féru d'alchimie. Anciennement titulaire d'une chaire de géométrie dans la prestigieuse université italienne, le Saint Empire l'avait bien vite débauché. Malgré son jeune âge, il inculquait aux élèves de l'Academia non seulement le *quadrivium*, les arts libéraux, mais aussi toutes sortes de disciplines occultes.

Albrecht estimait l'habile théoricien, mais pouvait-il lui accorder sa confiance ?

La voix de Thomassin résonna sous son crâne. Le chasseur lui aurait sûrement déconseillé de faire appel aux autres et de révéler ce qu'il savait. Il songea alors à Arnaud. Comme leurs érudites conversations lui manquaient. Le médecin aurait sans doute su l'aiguiller. Son cœur se serra à son souvenir et lui fit prendre conscience de sa solitude.

— On m'a confié le décryptage d'un ouvrage, Messire, s'ouvrit finalement le jeune homme. J'y passe toutes mes heures libres, quand je n'étudie pas ou ne fais pas mes devoirs. Pourtant, je ne fais aucun progrès.

— Qui a donc donné une tâche si ardue à un novice tel que toi ? questionna le maître, incrédule.

— Je sais que cela paraît improbable, mais vous devez me croire. Déchiffrer ce manuscrit est d'une importance capitale.

L'homme croisa les bras. Une ride profonde barrait son front et il arborait cette moue caractéristique qu'il prenait lorsque son esprit se mettait à bouillir.

— Je veux bien... mais il faut tout de même m'en dire plus, *escolier* !

Albrecht déglutit. Tout se mélangeait dans sa tête, il tergiversait. Thomassin lui aurait sans nul doute seriné qu'il était trop naïf, qu'il ne devait pas se fier au premier venu. Nicolas de Sienne n'était justement pas le premier venu, c'était un professeur reconnu, un homme de science, droit et logique. Si quelqu'un pouvait l'aider, c'était bien lui. S'il voulait avancer, le compromis était inévitable. Seul, il n'arrivait à rien.

— Avec votre permission, je vais chercher le volume pour vous le montrer. Vous devez me promettre que vous me laisserez le conserver, insista-t-il. Je sais d'expérience l'attraction que l'énigme qu'il contient exerce sur les esprits les plus fins. On m'en a confié la garde, j'irais au-devant de gros problèmes si je m'en défaisais.

Le maître observa son élève, dont le regard déterminé lui prouvait qu'il ne plaisantait pas. Malgré la fatigue et son air abattu, ses pupilles brûlaient d'une détermination farouche.

— Je te donne ma parole, déclara-t-il avec solennité.

Albrecht le remercia et disparut par la porte de bois. Nicolas de Sienne patienta un instant, mais le jeune homme fut vite de retour avec, dans les bras, le plus étrange ouvrage qu'il n'eut jamais contemplé. Il le posa avec délicatesse sur son pupitre et le maître s'approcha pour l'examiner.

La couverture de cuir tanné revêtait une teinte des plus curieuses, foncée, légèrement rosée sur les bords. Il avança les doigts pour en éprouver le grain et la souplesse puis les retira aussi sec, comme si le livre lui avait brûlé la main. Un long frisson parcourut son échine alors qu'il coulait un regard horrifié vers son élève.

— Sais-tu de quoi est faite la reliure ? l'interrogea-t-il dans un souffle.

— Non, avoua Albrecht qui ne voyait pas où il voulait en venir, je n'ai pas pu identifier l'animal. Peut-être du porc ? Je me suis surtout intéressé à son contenu, qui est encore plus extraordinaire que son aspect extérieur.

— Cela m'étonnerait, grinça le maître.

Le jeune homme l'observa. Nicolas paraissait terrifié, sans qu'il en saisisse la raison.

— Je ne comprends pas...

— Ce n'est pas de la peau de porc... c'est de la peau humaine, acheva le professeur, une grimace de dégoût déformant ses traits.

Une expression d'horreur se peignit sur le visage du pauvre garçon. Il plaqua une main sur sa bouche alors qu'une bile âcre refluait dans sa gorge. Il avait tenu ce livre tout contre lui, l'avait dissimulé sous sa robe. S'était même endormi dessus ! Il le considéra d'un œil écarquillé par l'effroi. Pouvait-il en être autrement, si cet ouvrage avait appartenu à Conquête ? Cet être malfaisant, cette goule immonde qui se repaissait du sang des vivants et pratiquait la nécromancie, ne pouvait qu'être l'auteur de ce macabre artisanat.

Albrecht tenta de se reprendre, ce qui importait n'était pas la couverture, mais de déchiffrer l'intérieur. Il se concentra puis, surmontant sa répulsion, ouvrit le livre sur ses premiers feuillets.

Sur la hauteur de la page jaunie, une étrange plante aux ramifications vertes s'épanouissait. Les racines, d'un marron plutôt foncé, ressemblaient à de gros tubercules quand les sommités fleuries évoquaient celles de la digitale. Une calligraphie serrée et déliée occupait l'autre côté. Avec une répulsion manifeste, Nicolas se pencha vers le parchemin coloré.

— C'est incroyable, murmura-t-il. Cette plante me rappelle certaines de ma connaissance, bien que je ne sois pas expert. D'un autre côté, elle m'est totalement étrangère. Quant à l'écriture...

Il frôla la page du bout de son doigt et parcourut l'une des lignes.

— Je ne la comprends pas. C'est insensé, vu son épaisseur, mais si l'ensemble est ainsi, j'en déduis que ce manuscrit est entièrement codé.

Albrecht poussa un petit soupir à ses côtés. Son maître enfonçait des portes ouvertes ! Il avait passé des heures à comparer les pages couvertes de dessins avec des sommes de botanique, comme celles d'Hildegard Von Bingen, sans jamais trouver de réelles correspondances. La flore inconnue qui s'étalait sur ces pages s'apparentait vaguement à celle du Saint Empire, de Méditerranée ou encore d'Orient, mais des différences majeures existaient. Son enthousiasme disparut. Il avait pensé que son maître, avec son expérience, pourrait lui être d'un quelconque secours, mais cela semblait peine perdue. Il ne s'était cependant pas trompé sur un point. Nicolas jetait sur les feuillets un regard avide qu'il connaissait bien. Il était tombé sous l'empire de l'énigme insondable que constituait le manuscrit et tout dans son attitude laissait entendre qu'il ne trouverait pas de répit tant qu'il n'en aurait pas percé tous les secrets. Le jeune novice aussi avait éprouvé cette fièvre, au début. À présent, il se sentait fourbu et vidé. Il tournait en rond, mais au moins, il n'était plus le seul obsédé par l'étrangeté de l'ouvrage.

Quelques jours plus tard, dans le scriptorium, les deux hommes étaient à nouveau penchés sur les pages singulières. Ils n'avançaient pas, et Albrecht commençait à nourrir de sérieux doutes sur leur capacité à traduire quoi que ce soit. C'était comme si le manuscrit gardait jalousement son secret obscur, comme si quelque magie était à l'œuvre, enfermée dans le papier raide.

Il s'étira ostensiblement, signifiant qu'il allait se retirer, lorsque Nicolas darda sur lui un œil fiévreux. Une jubilation intense marquait ses traits. Son élève, interloqué, s'approcha.

— Là, pointa-t-il, regarde, Albrecht !

Le garçon se frotta les yeux et contempla la lettre que son maître lui désignait sans comprendre où il voulait en venir.

— Tu ne vois donc pas ? C'est évident, pourtant ! Regarde mieux !

Fatigué par ce petit jeu, le novice poussa un soupir agacé.

— Expliquez-vous, maître, je suis trop las pour vous suivre !

— Cette lettre, exulta l'autre, tu ne la reconnais point ? Elle est à l'envers, certes, mais maintenant que j'ai saisi, tout devient lumineux ! Cette lettre, mon enfant, c'est aleph[4] !

La compréhension se fraya un chemin dans l'esprit du garçon. Une piste, ils tenaient enfin une piste ! Par ailleurs, il connaissait quelqu'un versé dans la culture hébraïque, quelqu'un de proche et de tout à fait disposé à les aider. Son cœur exulta alors qu'il se penchait à nouveau sur la calligraphie.

Trois coups puissants ébranlèrent l'épais chêne de la porte. Appuyée à son pupitre, Sarah se leva d'un bond, les pans de sa belle robe violine rebrodée de galons verts virevoltèrent autour de ses pieds. Elle ouvrit pour contempler la maigre figure d'un précepteur qu'elle ne connaissait pas. L'homme, grand et osseux, pénétra sans façon dans la chambrée. Habituée désormais à la perte de son intimité la plus élémentaire, elle s'effaça et reprit sa place près de l'écritoire. Le professeur sembla se désintéresser de l'agencement de la pièce et lui adressa un regard inquisiteur.

---

[4] Nom de la première lettre de l'alphabet hébreu.

Menton dressé, elle soutint ce dernier sans mot dire. Au bout de quelques secondes, un sourire s'épanouit sur la face sévère du maître.

— Es-tu la dénommée Sarah ?

Elle jaugea son vis-à-vis. S'il était venu expressément dans ses appartements, c'est bien qu'il se doutait de son identité. Cherchait-il à la piéger ?

— En tant que professeur de cette éminente institution, répondit-elle avec déférence, ce serait vous faire insulte si je pensais que vous vous déplacez dans la chambre d'une élève sans savoir qui elle est.

Les lèvres du maître s'étirèrent, lui conférant un air carnassier qui la mit mal à l'aise.

— Excellente réponse. J'ai cependant une autre interrogation. Connais-tu un jeune garçon nommé Albrecht, lui aussi étudiant à l'Academia ?

Encore une question rhétorique. S'il était l'un des enseignants d'Albrecht, ce dernier lui avait sans doute parlé d'elle. Il possédait donc encore une fois la réponse. Elle n'avait aucune raison de lui mentir. Pire, cela pourrait lui porter préjudice, mieux valait jouer franc jeu.

— En effet, je suis arrivée à l'école avec lui. Il a dû vous confier que nous sommes des amis très chers.

Tant qu'elle ne savait pas ce que le jeune homme avait bien pu lui raconter, elle s'en tiendrait à une version vague.

— C'est effectivement ce qu'il m'a confié. J'ai le plaisir de lui enseigner les arts libéraux, mais aussi certaines disciplines plus spécifiques, comme les arts occultes et la gnose. Nous nous sommes attelés à déchiffrer un énigmatique manuscrit. Tu es versée dans la kabbale, n'est-ce pas ?

Sarah déglutit et acquiesça. Son regard glissa sur la petite étagère au-dessus de son lit où le Golem reposait.

— Bien. Nous avons besoin de toi. Dès ce soir, tu nous joindras à la bibliothèque pour nous prêter main-forte.

Le cœur de Sarah s'emballa. Allait-elle enfin revoir le jeune novice, après ces mois de séparation ? C'était presque trop beau pour être vrai. Si elle appréciait ses études à l'Academia, elle souffrait de l'enfermement et surtout de la solitude. Même la compagnie de Thomassin, bien qu'il passât son temps à la rabrouer, lui était préférable à cet isolement contraint. Les longs couloirs vides de l'institution l'angoissaient et malgré le confort prodigué par les hauts murs, elle s'y sentait à l'étroit.

— Rien ne peut me faire plus plaisir que de venir en aide à mon camarade. Mais – elle renifla avec méfiance –, il ne vous aura pas échappé que la mixité est interdite au sein de l'Academia. Mes professeures risquent de ne pas apprécier cette entorse...

S'il avait tant besoin d'elle, autant tâcher de négocier les conditions, pour elle et pour Albrecht. Elle se doutait que le naïf jeune homme n'avait même pas essayé d'en retirer un avantage. C'était en grande partie pour ce naturel et sa spontanéité qu'elle l'aimait. S'ils pouvaient cependant obtenir quelque chose de la situation, elle se devait de le tenter. Après tout, l'enseignement qu'ils recevaient ici avait un prix, et un jour, ils devraient le payer.

— Ne t'inquiète donc pas de ça. J'ai recueilli toutes les autorisations nécessaires, le devoir qui nous occupe est des plus importants. Tu quitteras ton étage le soir après le souper et tu le regagneras avant vêpres. Une duègne patientera dans le couloir pour te conduire et te surveiller. Alors, est-ce entendu ?

La jeune fille dissimula sa joie sous un masque de cire et se fendit d'une petite révérence pour la bonne forme.

— Si c'est un maître qui le demande, je n'ai pas la possibilité de refuser. J'accepte.

Chapitre III
La missive

Fribourg, 4 septembre 1351

Une vive lueur perça au travers des paupières douloureuses de Thomassin. Il les sentait gonflées, collées à ses cils par quelque glue. Dans sa bouche pâteuse, sa langue pesait au moins une livre. La vie revenait dans ses muscles, le sang circulait à nouveau, ce qui lui provoquait de pénibles fourmillements aux extrémités. Il se risqua enfin à ouvrir les yeux et ne distingua d'abord rien d'autre que des formes mouvantes et des taches nébuleuses, floues. Il se força à respirer et cligna plusieurs fois pour rendre sa vision plus nette.

Des lèvres aussi délicates qu'un bouton de rose se dessinèrent, si proches des siennes qu'il pouvait presque sentir leur chaleur. Elles étaient surmontées d'un petit nez adorable, légèrement retroussé, que deux prunelles d'émeraude coiffaient à leur tour. Un sourire gracieux les étira et il put embrasser le beau visage rond, à la peau diaphane qui se tenait devant lui.

— Oh, il est réveillé ! s'exclama la jeune femme.

Elle se redressa et il put contempler sa chevelure dorée qui glissait sur ses épaules potelées. Il voulut se relever, mais la souffrance lui arracha un râle sourd et il retomba sur ses oreillers.

— Allons, protesta-t-elle d'une voix suave, on se calme !
Il faut plus que quelques jours de sommeil pour se remettre
d'une blessure infligée par un basilic.

À ces paroles, la mémoire du chasseur afflua. La fosse
Dionne, le combat avec le monstre serpentiforme, leur vic-
toire et... le noir le plus total. Venait-elle de lui annoncer
que la créature l'avait mordu ? Si c'était le cas, vu les descriptions fournies par Otto, il ne devrait plus être de ce
monde.

— Combien ? grogna-t-il d'une voix rocailleuse.

— Combien quoi ? De jours êtes-vous resté dans les
limbes ?

L'information se fraya un chemin sinueux jusqu'à son
esprit encore embrumé. Des jours ! Était-il réellement demeuré absent de lui-même pendant des jours ? Son sang se
mit à bouillir et il serra les poings, malgré la souffrance que
cela lui procurait.

— Maudit faux-cul de mage ! s'étouffa-t-il.

Le rire gracieux de sa garde-malade s'éleva dans la
pièce.

— Vous, je suis certaine que vous parlez d'Otto ! N'ayez
crainte, personne ne l'apprécie ici. D'ailleurs, si cela peut
vous apporter quelque plaisir, le Conclave lui a fait passer
de mauvaises heures pour vous avoir abîmé, chasseur !

Elle se pencha vers lui et il respira les effluves de son
odeur, un mélange incongru de menthe, de lavande et
d'épices qui réveillèrent en lui des sensations oubliées. Son
regard encore malhabile glissa malgré lui vers son généreux
corsage d'où ses deux seins, fermes et ronds à souhait, paraissaient vouloir s'échapper.

— Je vous avoue, susurra-t-elle tout contre son visage,
que je le lui ai beaucoup reproché. Un homme aussi bien
bâti que vous, tout de même...

Thomassin sentit le sang lui monter à la tête sous ce
compliment inhabituel et tenta d'esquisser un sourire en
remerciement. Comme d'habitude, ses lèvres s'étirèrent en

une grimace grotesque sur son côté droit, où sa cicatrice boursouflée s'écartait sur ses gencives à nu. Il ravala bien vite son effort.

— Puis-je, balbutia-t-il, demander votre nom, puisque vous semblez connaître le mien ?

— Bien sûr ! Je me nomme Génovéfa.

Il apprécia la musique de ce prénom qui coulait comme du miel.

— Fort bien, déclara-t-il en se redressant, est-ce à vous que je dois mon rétablissement si... prompt ?

— Je vous ai soigné à votre arrivée, en effet, grâce à un antidote de ma fabrication. Toutefois, sans la magie de Regelswinthe, qui a eu le réflexe de laver la plaie et d'éviter que le poison n'atteigne les points vitaux, vous seriez de l'autre côté. Comme si la pestilence ne faisait pas suffisamment de dégâts !

Sa colère non feinte avait quelque chose de charmant et de comique en même temps. Voir ce petit bout de femme s'énerver mettait le chasseur en grande joie et il ne put retenir un rire rauque.

— Ne vous moquez point, protesta-t-elle, vous n'imaginez pas les difficultés que cela me cause ! Ma magie est impuissante contre cette maladie arrivée d'on ne sait où, et pour une experte telle que moi, c'est très frustrant.

Thomassin haussa un sourcil devant le mot qu'elle venait de prononcer. « Magie ». Elle était donc une mageresse. Il exhala un petit soupir discret. Quel dommage ! Il pouvait cependant faire une entorse à sa ligne de conduite.

— Eh bien, magie ou pas, vous avez toute ma gratitude, Dame Génovéfa. Si je puis faire quoi que ce soit pour vous être agréable, je le ferai.

Les yeux de la jeune femme pétillèrent à ces mots et ses traits se peignirent d'un air coquin. Elle posa une main charnue sur celle de Thomassin, qui en goûta la douceur de soie. Il se maudit de ressentir cet attrait soudain pour une détentrice de magie mais après tout, il avait bien mérité une petite récompense.

— C'est une proposition fort alléchante. Je vous promets de m'en souvenir.

Elle se pencha vers lui à nouveau, si proche cette fois que leurs lèvres se frôlèrent.

Le fracas de la porte qui s'ouvrait à la volée brisa cet instant suspendu et le limier maudit intérieurement, de toutes les façons possibles, l'importun qui venait de faire irruption dans la chambre.

— Comment va-t-il, Génovéfa ? s'enquit la voix désagréable et sourde d'Otto.

Thomassin sentit une envie de meurtre le dévorer. Le magicien n'avait qu'une chance : qu'il soit encore trop faible pour manier l'épée. Il ne perdait cependant rien pour attendre.

Le sorcier dut comprendre qu'il tombait au mauvais moment, car il recula et dansa d'un pied sur l'autre. Thomassin arqua un sourcil, peu habitué à ce que le bouillant enchanteur, si imbu de lui-même, témoigne d'une once de civilité. Il intercepta alors le regard de la belle à ses côtés. Le mépris le plus total se peignait sur ses traits en un sourire narquois. Se pouvait-il qu'Otto ait trouvé en cette femme son maître ? Il devait admettre que la chose était plaisante.

— Que veux-tu ? lui balança-t-elle d'un ton rogue qui contrastait avec celui, d'une douceur de miel, qu'elle lui avait adressé quelques instants plus tôt.

Le mage bafouilla des excuses pitoyables, avant de se reprendre devant le rictus amusé du chasseur.

— Le Conclave réclame sa présence, et la vôtre, Génovéfa.

Le limier tendit l'oreille afin de mieux entendre la musique du prénom de sa garde-malade, même si, prononcé par Otto, il perdait inévitablement de sa grâce. Il se le répéta, pour le garder en mémoire.

— Il n'est pas encore en état, trancha-t-elle. Sors d'ici et informe les éminents membres de notre conseil qu'il lui faut plus de repos.

Malgré la rebuffade et son malaise visible, le mage n'obéit pas. Exaspérée, la jeune femme quitta le chevet du blessé et se campa devant le mage, mains sur ses hanches rebondies.

— Es-tu sourd ? Je t'ai dit de nous laisser !

Penaud, Otto baissa la tête et murmura.

— Je ne peux... c'est un ordre qui vient de plus haut.

Thomassin se redressa sur sa couche et trancha le silence.

— C'est bon. Je m'habille et je vous accompagne.

La mageresse poussa un soupir agacé et se glissa auprès de lui. Elle lui tendit son bras pour l'aider, mais il refusa d'un geste. Il se sentait suffisamment fort pour ne pas avoir à compter sur quelqu'un. Cela le renvoyait trop à sa première défaite. Des fourmillements s'agitèrent sous sa peau, juste à l'endroit de sa cicatrice. Jamais plus il ne dépendrait de qui que ce soit, même abattu ou malade. La mort lui semblait préférable à toute forme de contrainte.

Visiblement déçue, Génovéfa comprit et n'insista pas. Elle le regarda se retrancher derrière le paravent. Sur une escabelle, ses effets l'attendaient pour reprendre vie. Il enfila ses chausses avec fièvre, les mains encore tremblantes sous l'effet du poison. Il secoua vivement ses cheveux et avisa, dans un coin, un broc et une coupelle que jouxtait une serviette propre. Il s'approcha pour procéder à de rapides ablutions, l'eau fraîche l'aidant à se réveiller tout à fait. Enfin, il passa sa broigne de cuir souple par-dessus sa chainse, avant de revêtir sa pèlerine à capuche. Il réalisa une queue de cheval malhabile d'où sortaient de longues mèches pour mieux dissimuler sa face ravagée et rejoignit les deux autres.

La jeune femme l'accueillit avec un air appréciateur et il se sentit soudain plein de fougue, revigoré par ce regard.

Le bonheur simple de plaire à quelqu'un lui avait si souvent échappé qu'il y trouvait un réconfort inattendu. Il aurait bien recommencé leur délicieux manège interrompu par la déplaisante présence d'Otto, mais l'ambiance était malheureusement retombée. La demande semblait ne souffrir aucun délai. Il espérait juste qu'il ne s'agissait pas d'un énième mensonge du fourbe sorcier, mais l'attitude du mage face à sa consœur le rassurait. Il paraissait avoir tellement peur d'elle qu'il ne l'imaginait pas lui mentir. Elle lui ferait amèrement regretter la moindre incartade, il en était persuadé.

Ils quittèrent la chambre et gagnèrent l'enfilade de couloirs de pierres qui semblait, aux yeux de Thomassin, constituer l'intégralité de la tour du Conclave. Au contraire de la belle bâtisse de l'Academia, de l'autre côté de la ville, le Conclave n'abritait que des magiciens et magiciennes au service du Saint Empire. À sa grande surprise, ils étaient peu nombreux. Il avait vaguement compris qu'ils se divisaient en deux classes : les mages d'actives, des mercenaires en réalité tout comme lui, et le fameux Conclave. Ce dernier se composait uniquement d'anciens sorciers, réputés pour leur clairvoyance. Ils présidaient au sort des novices et jouaient aussi un rôle de conseillers de l'ombre au service de l'empereur. De nombreuses rumeurs couraient sur eux. La première, et non des moindres, était que les sages ne réservaient pas leur avis qu'à leur impérial protecteur.

Thomassin songea un instant, alors qu'ils grimpaient un étroit escalier en colimaçon, qu'une telle traîtrise ne saurait demeurer impunie. Ainsi, soit le grand Karl en était parfaitement informé et tirait profit de cette félonie, soit les mages constituaient une caste si puissante que même lui n'osait s'opposer à eux. Cette dernière option lui arracha un long frisson. La tour prit des airs de souricière géante, piège dans lequel il s'était laissé enferré contre son gré. Les courbes suaves de Génovéfa ne devaient pas le détourner de son objectif : tenter de se dégager de son obligation à la première occasion et récupérer Sarah et Albrecht au passage. Puis retrouver la trace de ce monstre millénaire et le faire taire à tout jamais, de la façon la plus douloureuse qu'il pourrait trouver.

Ils parvinrent enfin dans une antichambre étroite dont le plafond haut exhibait un coffrage de bois précieux peint de nombreuses saynètes. Elles représentaient, pour l'essentiel, des mages et des sorciers en train de combattre leurs ennemis, les forces obscures qui s'efforçaient d'asservir le monde. Thomassin plissa les yeux pour tenter d'apercevoir, au milieu des dragons, vouivres et autres saurimondes[5], quelques fresques qui rappelleraient l'odieuse face aux crocs luisants de Conquête. Rien. Pas même un mort mâcheur ou un revenant. Sans doute, bien que plus dangereux que toutes les abominations qui rôdaient à la surface du globe, n'étaient-ils pas suffisamment impressionnants pour figurer sur ce bestiaire fantastique. C'était là l'objet de ce décor si habilement dessiné qu'il paraissait prendre vie : frapper le visiteur, l'écraser par la représentation de la puissance du Conclave. Si vous patientiez suffisamment sous les voûtes ornées, vous arriviez devant ces Sagesses en suant à grosses gouttes avec une seule envie, déguerpir au plus vite. Lui en avait déjà assez et une migraine douloureuse enserrait ses tempes. Le poison ne devait pas avoir quitté tout à fait son corps.

Enfin, après quelques minutes d'attente, un page vint les trouver.

— Ses Sagesses sont prêtes à vous recevoir.

— Pas trop tôt, bougonna le chasseur.

Il passa une main sur son front et constata qu'il était brûlant. Génovéfa se matérialisa à ses côtés pour presser son avant-bras avec un doux sourire. Une lueur aussi verte que du jade illumina ses iris. Il se sentit tout de suite mieux,

---

[5] Être mythique présent dans de nombreuses légendes du haut-Languedoc, apparenté à une fée, une femme sauvage ou une démone, souvent présente près des rivières.

comme apaisé. La magie de cette dernière pouvait guérir, c'est ce qu'elle lui avait laissé entendre. Un point à mettre à son crédit.

La salle dans laquelle ils pénétrèrent était emplie d'un silence solennel. Sur des trônes de bois qui ressemblaient à des chaires surélevées, trois vieillards et une femme sans âge les scrutaient avec intensité. Les trois hommes, osseux, paraissaient fondre dans leurs sièges immenses ornés de rosaces complexes et d'accoudoirs ouvragés aux motifs floraux. Ils arboraient tous les robes blanches de leur ordre, preuve de l'échelon suprême qu'ils avaient atteint. Une ceinture de couleur différente et un col brodé de fils de soie assortis les distinguaient les uns des autres.

Thomassin avisa Regelswinthe qui se tenait à proximité de l'estrade séparant les Sagesses du commun des mortels. Il lui adressa un petit signe de tête en remerciement de ses bons soins et le mage lui répondit avec un sourire qui le faisait ressembler à un ours prêt à vous dévorer. À ses côtés, il remarqua la silhouette longiligne d'une jeune mage qu'il ne connaissait pas. Son teint d'ambre délicat et ses pommettes hautes révélaient ses origines orientales. Un ensemble de voiles, attachés avec goût, dissimulaient sa chevelure qu'on devinait à peine. Son port altier incarnait la noblesse, mais son regard impressionnait encore plus que le reste de sa personne. Le chasseur déglutit et observa l'éclat de ses prunelles gris clair, qui contrastait avec sa peau brune. Il comprit alors qu'il s'agissait sans doute de la quatrième magicienne en activité pour le Conclave, et qu'elle devait en toute logique maîtriser l'élément de l'air. Un coup dans ses côtes reporta son attention sur Génovéfa. Cette dernière arborait une mine furibonde, qu'il ne déchiffra pas. Était-ce de la jalousie ? Il n'eut pas le temps de s'appesantir sur la question, l'un des patriarches venait de se lever péniblement de son fauteuil.

— Merci de vous être rendu à notre aimable invitation, chevrota-t-il.

Thomassin songea que le vieux avait de l'audace de nommer ainsi une convocation séance tenante qui l'avait tiré de son lit de souffrance. Il serra les dents pour retenir la remarque acerbe qui montait à ses lèvres.

— Si nous vous avons mandé, ô vénérés confrères, c'est qu'une missive de la plus haute importance est parvenue ce matin au Conclave.

Il s'arrêta pour reprendre son souffle. Parler ainsi semblait lui réclamer un tel surcroît d'énergie qu'on se demandait comment il pouvait tenir debout. Le chasseur observa ses mains décharnées et tavelées, qui tremblaient comme des feuilles dans le vent coulis. Quel âge canonique pouvait-il donc avoir ?

Il se rassit péniblement et le second patriarche, situé à sa droite, se leva à son tour. Après une grande inspiration, il se lança :

— Il nous a paru essentiel, vu la teneur de cette dernière et les éléments qui en ressortent, que tous nos mages actifs et encore vivants soient présents pour entendre notre décision à ce sujet.

Le limier toussota. Il se demandait ce qu'il fichait là, si cette affaire de lettre ne concernait que les membres du Conclave et les magiciens. Assister à ce triste spectacle ne l'intéressait guère. Vu son état, retrouver sa couche et dormir au lieu d'écouter les borborygmes de ces vieillards chenus lui semblait plus approprié. Si l'on n'avait pas besoin de lui, il allait se retirer. Il esquissa un pas en arrière, lorsque le troisième entama sa litanie.

— Nous n'aurions pas porté plus attention à ce message, si la qualité de celui qui l'envoie ne nous l'imposait. Le contenu aussi, qui fait étrangement écho au récit sur Herzee que Thomassin Von Knochen, ici présent, a fait à nos scribes lors de son arrivée.

Comme si prononcer ces mots l'avait vidé de toute substance, il retomba lourdement sur le siège de bois qui émit un grincement sinistre. Il avait en tout cas réussi son coup, l'attention du chasseur était attirée. Une envie sourde d'aller secouer ces vieux coquins pour leur faire cracher leur morceau plus vite le tenailla. Foutre, tout cela était ridicule !

Comme si elle lisait dans ses pensées, la femme qui se tenait à leurs côtés le transperça de son regard étrange. Il s'aperçut qu'elle possédait de singuliers yeux vairons. Son allure hiératique forçait le respect en même temps qu'elle suscitait un malaise. Plus question de quitter le Conclave en douce à présent. C'était lui, le centre de son attention.

— N'affichez donc pas cette mine, Messire Thomassin, commença-t-elle d'un ton où perçait le reproche. Jamais le Conclave ne réunit ou ne convoque sans une raison valable. Le sceau de Son Altesse Impériale, que Dieu l'ait en Sa sainte garde, en est une suffisante.

De fins murmures étonnés parcoururent la salle. Ainsi, c'était au grand Karl lui-même qu'il devait cette mise sur pied brutale. Une sueur glacée courut le long de son échine et, soutenant le regard de celle qui dirigeait le Conclave, il attendit la suite.

— L'empereur souhaite que vous vous rendiez, sans délai, en sa ville de Prague où il demeure encore pour quelque temps. Deux mages vous accompagneront.

Thomassin allait protester, mais elle l'interrompit.

— Otto et Génovéfa vous conduiront. Ce n'est pas négociable, Messire. Nous estimons même que ce sera l'occasion pour vous de resserrer les liens qui vous unissent tant au Conclave qu'à l'Empire.

Elle appuya son propos d'un long regard vers le mage de feu. Ce dernier lui adressa un sourire discret.

— Si c'est là votre souhait, accepta Thomassin. Malgré votre immense sagacité, vous avez tort de me mettre Otto dans les pattes. Il se pourrait bien que vous ne le revoyiez jamais... menaça-t-il.

— C'est ainsi, pourtant. Regelswinthe et Amara continueront leurs travaux habituels pendant que vous vous rendrez à l'invitation de l'empereur. Je vous le redis, inutile de répliquer. On nous a rapporté que vous oubliiez bien trop souvent qui vous servez, désormais. Cela aura au moins le mérite de vous le rappeler.

Il serra les poings de rage, mais comprit qu'il était vain de vouloir argumenter. Mieux valait faire croire qu'il acceptait son sort, en brave chien de chasse, et aviser ensuite.

— Maintenant que ceci est réglé, je ne peux vous dire qu'une seule chose : Sa Majesté nous indique que des troubles ont lieu dans un village, aux marches est de l'empire, en Bohème. Le bourg fait partie du margraviat de Moravie. Cette situation inquiète l'empereur. Le margraviat n'est rattaché à son fief que depuis peu de temps, et il y tient beaucoup. Des désordres dans cette région affaibliraient son pouvoir. Il conviendra que vous trouviez l'origine de ces événements et que vous en détruisiez la cause, quelle qu'elle soit. Et à n'importe quel prix.

Elle insista sur les derniers mots, comme si elle leur donnait sa bénédiction pour tuer tout et n'importe quoi. Le mauvais pressentiment de Thomassin se confirma. Quelque chose clochait.

— Son Altesse Impériale précise-t-elle le caractère de ces dissensions ?

La femme esquissa un sourire de sphinx.

— Pas vraiment, elle demeure très évasive. La peur que le message soit intercepté, sans doute, même si elle peut avoir toute confiance en nous. Selon les renseignements qui nous sont parvenus, quelque chose sème le chaos. Ce qui est, en quelque sorte, votre spécialité.

Thomassin réfléchit à vive allure. Sa curiosité était piquée et il voyait bien que les membres du Conclave autant que l'empereur devaient être à court de solutions pour faire appel à ses talents. S'il devait supporter Otto, il pouvait sûrement exiger une contrepartie. Il fallait le tenter, après tout, c'était comme aux eschets[6]. On devait parfois sacrifier une pièce pour gagner la partie.

— J'accepte de me rendre à Prague, mais je souhaite poser une condition.

— Je vous l'ai déjà dit, Otto vous accompagne, cela ne peut être discuté.

— Je vous ai entendue. J'ai peut-être encore du venin de basilic dans les veines, mais je ne suis pas sourd. Ma requête concerne autre chose.

La dame fronça le nez devant l'irrespect du chasseur, mais l'invita d'un geste à continuer. À ses côtés, les trois autres vieux mages demeuraient si immobiles que n'importe quel observateur aurait pu croire qu'ils étaient morts. Le limier se demanda si elle n'absorbait pas toute leur énergie. Ils ressemblaient à des pantins de chiffon avachis alors que le temps ne semblait avoir aucune prise sur elle. Il devait jouer sa carte finement.

— Si ces créatures sont des revenants, ce que l'on est en droit de suspecter, je souhaite récupérer mes compagnons. Ils en savent autant que moi sur ce sujet, voire plus à présent. J'exige qu'Albrecht et Sarah me rejoignent.

— Ils étudient à l'Academia et ne peuvent en sortir avant d'achever leur cursus. Que ferez-vous si nous refusons ?

Thomassin se pencha en une révérence comique et se dirigea d'un pas décidé vers la porte massive par laquelle ils étaient arrivés.

— Très bien ! le rattrapa-t-elle, irritée. C'est d'accord. Ils peuvent vous rejoindre.

Le chasseur se retourna pour remercier Ses Sagesses.

— Ne commettez pas l'erreur de prendre cette capitulation pour un aveu de faiblesse, Von Knochen, lui asséna-t-elle. J'espère que vous ne regretterez pas votre décision.

---

[6] Ancêtre du jeu d'échecs.

Chapitre IV

Cito, longe fugeas, et tarde redeas[7]

Un jour blême étendait ses doigts squelettiques sur les toits de tuiles de Fribourg. Albrecht ouvrit grand les meneaux pour respirer l'air empli d'humidité qui montait des bords de la Sarine. Le temps avait récemment changé. De longues écharpes de brume rampaient dans les rues silencieuses. Il s'étira, les os de son cou craquèrent et une douleur lancina dans ses cervicales. Demeurer penché pendant des nuits sur cet obscur manuscrit ne lui valait rien.

Malgré ses membres ankylosés, un sourire béat ornait son visage. Ils faisaient des progrès spectaculaires depuis qu'ils avaient enfin déchiffré le code à l'aide de l'alphabet hébraïque. Ils avaient appris que ce dernier se divisait en trois grandes parties : une consacrée à l'herboristerie, une

---

[7] *« Fuis vite, loin et reviens tard »*. Appelé électuaire des trois adverbes, cette citation, le plus souvent attribuée à Hippocrate, Gallien ou encore au médecin arabe Rasis, était le conseil le plus fréquemment donné dans le cas des épidémies de peste et d'autres maladies que l'on ne comprenait pas et devant lesquelles la fuite paraissait l'unique solution. On le retrouve dans de très nombreuses chroniques, comme celle de Johannes Nohl.

à l'astronomie et l'astrologie et la troisième, la plus énigmatique, à une science alchimique mystérieuse, combinaison des deux précédentes. Le novice avait acquis la conviction que ce texte était d'inspiration Atlante. Il imaginait Conquête en train de menacer des dizaines de moines copistes, tremblant d'horreur devant sa face décharnée, pour que ces derniers couchent sur le vélin ses connaissances impies. Un long frisson de terreur le saisit. Le jeune homme se ressaisit. Il en était persuadé : bientôt, ils perceraient tout à fait les secrets de ce document et ainsi, accéderaient aux ambitions obscures du revenant antédiluvien. Une fois la certitude acquise sur sa méthode, alors il serait aisé de le contrer. Et de le tuer.

Ces considérations n'étaient pas la seule origine de sa joie, qui transcendait sa fatigue extrême. Il ressentait par-dessus tout le bonheur de revoir chaque soir Sarah, de ne plus être séparé d'elle. Sous la surveillance constante de Nicolas de Sienne, ils échangeaient peu de paroles, mais son habileté à manier les arcanes de la magie conférait à la jeune femme la possibilité de communiquer par bien d'autres moyens. Les papillons dorés ne s'évanouissaient plus, mais se transformaient désormais en parchemins couverts de pensées réconfortantes, qui ravissaient son cœur. Il les conservait toutes précieusement. Nul besoin de mots entre eux, leurs seuls regards qui se caressaient suffisaient à rendre l'intensité de leurs sentiments. Oui, Albrecht pouvait le dire : en cet instant précis, il était heureux.

Un coup puissant porté sur le chambranle brisa en un instant cet état extatique dans lequel il se complaisait. Il se précipita sur la porte, ouvrit le battant et recula, une expression de stupeur mêlée de déplaisir sur le visage.

— Eh bien, Albrecht, s'exclama Otto, tu n'as pas l'air ravi de me voir ! On dirait que c'est une habitude chez vous autres...

— Ne vous méprenez point, Messire, je suis seulement surpris, voilà tout. Les mages ne fréquentent que fort peu l'Academia.

— C'est faux ! se récria-t-il avec un air faussement outragé. Nous venons de temps en temps nous recueillir en ces murs, où nous avons nous-mêmes passé de si agréables moments jadis. Une sorte de nostalgie, vois-tu.

— C'est pourtant la première fois, en une année pleine, que je vous y rencontre.

Otto le dévisagea. Le petit moinillon prenait de l'assurance. Cela le réjouissait, son jeu favori consistait à porter sur les nerfs des gens jusqu'à ce que ceux-ci craquent. Une fois à bout, il était bien plus facile de les manipuler et d'en obtenir ce qu'on voulait. S'il rencontrait un peu de résistance, c'était encore mieux !

— Ne sois donc pas désagréable, ou il se pourrait bien que je m'en aille sans te révéler les nouvelles que je t'apporte et que tu ne me revoies plus jamais...

Albrecht afficha aussitôt une mine piteuse et se confondit en excuses. Otto sourit, c'était trop facile. Il s'introduisit dans la chambrée et en fit le tour. Ses mains furetaient un peu partout sur le bois clair des étagères et des coffres. Lorsqu'il s'arrêta devant le pupitre, le garçon déglutit. Il lorgna les notes éparpillées sur la table que le jeune homme n'avait pas pris le soin de ranger.

Albrecht esquissa un geste, mais trop tard. Il comprit que ce dernier venait lui demander quels progrès il avait accomplis sur le manuscrit du strige.

— Tu travailles de façon sérieuse, à ce que disent tes maîtres, avec une nette prédisposition aux arts libéraux et sciences occultes. Moins pour la magie, mais ce n'est pas très grave. Nous savions que tu n'avais aucunement l'âme d'un sorcier, plutôt d'un bon exorciste. Peu importe, balaya-t-il. Je suis venu t'annoncer que tu dois faire tes bagages.

Le jeune homme blêmit. Comment cela, faire ses bagages ? Ses résultats étaient donc si mauvais qu'on le mettait à la porte de l'Academia ? Son monde s'écroula à nouveau et une impression désagréable réveilla son profond sentiment d'abandon. Une fois encore, on se servait de ses capacités, puis, lorsque l'on estimait ne plus en avoir besoin, on se débarrassait de lui. Qu'allait-il donc devenir ? Et Thomassin ? Et Sarah ? Cette dernière pensée suffit à affermir sa volonté. Cette fois, il refusait de se laisser faire.

— Je ne crois pas que mes maîtres apprécient de me voir quitter mes études sans les prévenir, déclara-t-il. Je suis bien ici, je n'ai pas l'intention de partir.

Il croisa les bras sur sa poitrine et toisa le mage d'un air de défi.

— Parce que tu imagines qu'ils ont eu leur mot à dire, peut-être ? Ou encore, que tu as le choix ? Tu es requis pour une mission d'importance, alors cesse de faire l'enfant et prépare-toi. Nous levons le camp d'ici quelques jours, je reviendrai te quérir quand tout sera prêt. Surtout, tiens ta langue. Si tu parles, je le saurai.

— Si vous souhaitez ma pleine collaboration, Messire, vous ne devriez pas me traiter ainsi. Et certainement m'en dire plus.

— Je te conseille de cesser ce petit jeu avec moi, gronda Otto. Si tu restes ici, tu pourrais amèrement le regretter. Surtout que je me suis laissé dire que tes amis, cette fille que vous avez ramassée sur les routes et ce chasseur qui n'en fait qu'à sa tête, te manquent. Il se pourrait que ta désobéissance t'empêche de les retrouver, alors réfléchis bien.

Un sentiment trouble, de rage mêlée d'impuissance, saisit le jeune garçon qui serra les poings. Il allait répliquer mais le mage l'abandonna sans un mot de plus, le laissant à ses conjectures. Son cerveau se mit à tourner à toute vitesse. Ainsi, on ne le chassait pas de l'Academia, ce qui était déjà en soi une bonne nouvelle. Bien qu'il y soit entré contre sa volonté, il avait appris à apprécier l'endroit et surtout la somme de connaissances qu'il lui offrait. La seule information apportée par Otto était ensuite qu'il était requis. Par qui ? Le Conclave ? Les mages ? Tout de même pas... l'empereur ? Un spasme d'excitation parcourut son échine. Il allait pouvoir sortir à nouveau et cette perspective lui plaisait autant qu'elle suscitait ses craintes. Sans parler de l'épidémie qui continuait de sévir, il savait, lui, ce qui demeurait tapi dans les ombres et n'attendait qu'un faux pas de leur part pour fondre sur les hommes. Il ne se leurrait pas. Conquête avait fui l'année précédente, mais ce n'était pas réellement grâce à eux. Le revenant disposait d'une puissance difficile à appréhender. Il pouvait ressurgir à tout moment, d'où l'importance capitale de déchiffrer le manuscrit que Thomassin lui avait subtilisé.

Il se tourna vers son pupitre et se pencha sur l'ouvrage obscur pour le contempler d'un œil neuf. Pas comme une somme, un instrument de savoir occulte et inconnu, mais bien comme un manuel perverti au service d'une force ténébreuse. Un sentiment d'effroi l'envahit, sinuant tel un serpent visqueux pour s'enrouler autour de sa gorge. Il suffoquait lorsqu'un papillon doré voleta aux rebords de la baie et le tira de son mauvais rêve. L'insecte se posa sur sa main avec grâce, prenant la forme d'un petit morceau de parchemin. Un sourire apaisé naquit sur ses lèvres, ses traits se détendirent instantanément. Il reconnut l'écriture de Sarah tandis qu'il prenait connaissance du bref message :
« *Toi aussi, on t'a dit que tu allais quitter l'Academia ?* »

Le soulagement l'envahit. Sarah serait du voyage ! Cette seule pensée le rasséréna, car il ne se voyait pas se rendre il ne savait où en la compagnie d'Otto. Il froissa le mot, qui se transforma en poudre dorée et susurra dans ses doigts sa réponse, pour qu'elle parvienne à son aimée.

Le soir, ils se retrouvèrent dans la bibliothèque, assis sur le même banc, si près que leurs épaules se touchaient.

C'était l'unique contact qu'ils pouvaient espérer sous la surveillance de Nicolas de Sienne. Alors que ce dernier leur tournait le dos, Sarah murmura :

— J'ai tenté de surprendre quelques conversations entre mes enseignantes, mais rien. Je ne sais pas où nous allons. Tu as une idée ?

Albrecht secoua la tête en signe de dénégation. Ils n'avaient pas évoqué leur départ auprès de leur professeur, qui serait certainement déçu de ne pouvoir continuer à travailler sur le manuscrit maudit. Il était hors de question qu'ils l'abandonnent entre les murs de l'Academia. Ils emporteraient le livre avec eux, ils étaient tout à fait capables de poursuivre la traduction par eux-mêmes.

— Je ne connais pas la mageresse qui est venue me trouver... C'était une femme assez jeune. Une vraie tornade. Elle a dit qu'elle serait du voyage.

— Quelle chance, moi j'ai eu droit à Otto...

Sarah esquissa une grimace au nom du magicien.

— Ça veut sans doute dire qu'il nous accompagnera. Le trajet promet de ne pas être agréable.

Ils cessèrent leur conversation, car le maître les contemplait à nouveau et fronçait ses épais sourcils.

— Nous ne sommes pas à Saint-Nicolas[8] pour que vous psalmodiiez des messes basses. Concentrez-vous sur votre tâche. Sarah, as-tu fini de retranscrire la page suivante ?

La jeune fille poussa un discret soupir.

— Je n'ai pas pu aller plus loin que le paragraphe qui est au-dessus de ce dessin.

Elle désigna du doigt une immense boule de couleur rouge, de laquelle des langues orangées jaillissaient, entourées de longues traînées d'encre noire.

— En dessous, le code change. Ce n'est plus de l'hébreu.

Nicolas de Sienne la dévisagea comme s'il ne comprenait pas ce qu'elle venait de dire.

---

[8] Cathédrale de Fribourg.

— Comment ça, ce n'est plus de l'hébreu ?

— Eh bien, les lettres qui composent le chapitre suivant ne sont pas issues de notre alphabet et placées à l'envers, comme pour les dernières pages. Regardez, la graphie elle-même change, c'est sans doute un autre copiste qui a pris le relais. Et l'on a dû estimer que le code précédent était trop simple pour dissimuler ce que recèle ce passage aux yeux des plus érudits.

Le maître se saisit fébrilement du manuscrit et darda ses pupilles sur les lignes étranges. Albrecht lança un regard interrogateur à Sarah, qui lui adressa un petit clin d'œil. Elle mentait. Alors que Nicolas s'approchait d'une des immenses lampes à graisse disposées sur les tables à tréteaux afin de mieux y voir, le jeune homme se pencha vers sa compagne.

— C'est faux, n'est-ce pas ? murmura-t-il.

— Pas totalement, répliqua-t-elle en étouffant un rire entre ses mains, ce n'est pas de l'hébreu, c'est vrai.

— D'accord. En revanche, tu n'ignores pas ce que c'est...

— Non, avoua-t-elle, c'est de l'araméen. Songe qu'ainsi, Maître Nicolas n'insistera pas. Nous serons libérés plus vite pour avoir le loisir de nous préparer. Puis, si ton professeur ne nous revoit plus, il aura moins de regrets comme cela. Prends ça pour un cadeau que je lui offre.

Le novice se persuada qu'elle avait raison, mais en son for intérieur, il doutait. Il savait, pour avoir été dans cette situation pendant des mois, que la frustration n'empêchait pas la fascination. Qu'elle la renforçait même et vous faisait passer des nuits blanches à réfléchir à une solution qui ne venait pas. Nicolas de Sienne n'oublierait jamais l'étrange parchemin, ses dessins cryptiques, son obscur langage codé. Il mourrait de curiosité, se laisserait dévorer par un désir qui ne serait jamais assouvi.

Le maître se retourna vers eux, pâle.

— Par Dieu, tu as raison. Nous sommes à nouveau bloqués. Que dit le passage que tu es parvenue à déchiffrer ?

Sarah haussa les épaules.

— C'est un paragraphe dédié à l'apparition d'une comète, à intervalles réguliers. Un cycle en quelque sorte, mais fort long. Cela parle aussi de conjonction de plusieurs astres. C'est tout ce que j'ai pu en tirer, répondit-elle évasivement.

Elle tendit à Nicolas de Sienne le parchemin sur lequel elle avait pris ses notes qui s'en empara avec avidité. Il parcourut les lignes brèves avant de la contempler à nouveau, le visage déconfit.

— Est-ce tout ?

La jeune femme hocha la tête.

— Nous étions si près du but, ragea-t-il, ce n'est pas possible que cela s'arrête ici ! Nous devons persévérer !

Il se passa une main sur le front comme pour l'essuyer et contempla ses élèves d'un regard fiévreux, les joues empourprées d'une colère brûlante. Le reflet de leur expression, à la fois contrite, empreinte d'une peur sourde, le fit reculer. Il afficha une mine troublée.

— Pardonnez mon éclat. Ça suffit pour ce soir, retirez-vous. Nous verrons cela plus tard. Je crois... que je vais rester ici et reprendre nos notes depuis le début. Nous avons peut-être manqué quelque chose, et... nous en reparlerons.

— Ne devriez-vous pas vous reposer aussi, maître ? hasarda Albrecht, plein de compassion. C'est préférable. La nuit est déjà fort avancée. Vous l'avez dit, nous ne pouvons pas faire plus.

Nicolas de Sienne secoua la tête.

— Non, non, je reste. Un peu, juste encore quelques heures, puis j'irai me coucher.

Les deux jeunes étudiants n'insistèrent pas. Le novice se saisit du livre et avant de quitter la pièce, jeta un regard empli de pitié au professeur, toujours penché sur les parchemins éparpillés tout autour de lui. Son front touchait presque le vélin. Il plissait tant les yeux que de fines ridules les encadraient à présent. Derrière lui, à travers la fenêtre géminée, le croissant de lune se détachait dans le ciel d'encre. Le jeune homme soupira et, sur la pointe des pieds, ils abandonnèrent leur enseignant à ses tourments sans fin.

Fribourg, 10 septembre

Thomassin battait ses flancs de ses bras pour se réchauffer. Il patientait dans la grande cour du Conclave depuis plusieurs minutes déjà. Un froid glacial, soutenu par la bise, dévalait des montagnes et s'abattait sur la ville au petit matin. Les feuilles de lierre qui grimpaient à l'assaut de la tour paraissaient figées dans un cercueil de givre.

Il aurait préféré se réfugier à l'intérieur, mais il était forcé d'attendre qu'on lui apporte sa monture. Un jeune palefrenier à la mine frigorifiée émergea du long bâtiment des écuries, trois destriers à la bride. L'homme sourit en avisant les selles et les sacoches. Enfin un peu d'action, après être demeuré alité aussi longtemps. Il avait hâte de quitter ces murs, surtout que depuis quelques jours, Génovéfa ne prenait plus soin de lui, tout à ses préparatifs de départ. Il tentait de dissimuler la frustration liée aux absences de la belle mageresse. Vu son état, il ne s'était encore rien passé entre eux. Son intuition lui disait qu'il ne la laissait pas indifférente. En revanche, la perspective d'abandonner les couloirs oppressants du Conclave, dont les alcôves suintaient en permanence de murmures et de conspirations, le rassérénait.

Que la magicienne pulpeuse fasse partie du voyage constituait un bonus indéniable. Enfin, la silhouette ronde de la jeune femme se détacha sur le bois sombre de l'immense porte, flanquée de celle, dédaigneuse, d'Otto, sanglé dans une tenue de chasse. Il arborait un mantel brodé, fermé par une broche en or figurant un fagot enflammé. Thomassin grimaça. Le mage de feu lui aussi serait de la partie et ne manquerait ni de l'agacer ni de se mêler de ce qui ne le concernait pas. Leur périple s'annonçait soudain moins agréable. Il les regarda dévaler les escaliers de marbre et le rejoindre dans la cour pavée. Les chevaux renâclèrent. Le chasseur avait remarqué que la présence du magicien qui manipulait les flammes les affolait souvent. Génovéfa s'approcha, un doux sourire accroché à ses lèvres et tendit une main apaisante vers l'encolure de sa jument. Elle se calma aussitôt et la jeune femme se tourna vers le limier. Thomassin la détailla plus avant, moulée dans ses vêtements de voyage : un beau bliaud vert et de longs gants de cuir épais. Une élégante et chaude cape de laine complétait l'ensemble, bordée de fourrure. Un rameau aux fleurs d'or lui tenait lieu de fibule.

— Je me réjouis de vous accompagner pour cette mission ! Cela fait peu de temps que la cour est à Prague et je me suis laissé dire que la ville était des plus intéressantes. Surtout depuis qu'elle est devenue capitale. Il paraît que les meilleurs artistes et artisans de tout l'empire s'y pressent désormais.

— Certes, commenta Otto, mais le chemin risque de ne pas être paisible. Nous devons traverser la Germanie, puis une bonne partie de la Bohème avant d'atteindre la cité du grand Karl. Je vous rappelle que la peste sévit toujours et avec elle, bon nombre de créatures de la nuit.

— Comme partout ailleurs, somme toute. Cependant, si vous craignez de vous retrouver nez à nez avec esprits, revenants et pestiférés, vous pouvez tout aussi bien rester ici, le railla Thomassin.

Le mage haussa un sourcil.

— Insinuez-vous que je suis un couard, Von Knochen ?

— Je n'insinue rien. J'affirme.

Les pupilles du sorcier se teintèrent d'un éclat vermeil sous l'affront, signe que la magie montait en lui en même temps que la rage. Un sourire provocateur déchira la face du limier qui porta aussitôt les mains aux pommeaux de ses épées. Il n'attendait que cela. Génovéfa soupira et se posta entre les deux mâles prêts à en découdre.

— Je vous en conjure, Messires, tenez vos nerfs ! Nous ne sommes même pas encore partis que vous vous disputez déjà. Je vous assure que j'aurai bien du mal à supporter vos chamailleries viriles et vos sautes d'humeur. J'aime le calme. Si vous ne cessez pas séance tenante, je me verrais dans l'obligation d'utiliser la force, moi aussi.

Elle agita les doigts tandis que ses iris se parèrent d'une teinte vert intense. Thomassin leva les bras en reculant. Il enfourcha vivement sa monture et se tint le plus éloigné possible d'Otto. Ce dernier fit de même et se hissa sur son destrier non sans difficulté. Satisfaite, la jeune femme les rejoignit. Ils quittèrent ensemble l'enceinte de pierre du conclave. Les ruelles sinueuses de la ville se dressèrent devant eux. Le chasseur allait prendre la tête et les mener hors du bourg, centre de la cité, jusqu'au pont de Saint-Jean, mais la mageresse le coupa dans son élan.

— Nous devons d'abord récupérer... quelque chose, lui indiqua-t-elle.

Il fronça les sourcils. Personne ne lui avait précisé les réelles étapes de leur voyage, il la suivit de mauvaise grâce, irrité une fois encore du peu de cas que les magiciens faisaient du commun. Au final, elle n'était sans doute pas différente : menteuse et sans scrupule, malgré ses manières gracieuses. Elle dissimulait quelques pièges dont seule sa caste semblait avoir le secret, comme par exemple, le priver, malgré la promesse du Conclave, de ses compagnons !

Refroidi, le chasseur se dit qu'il ferait mieux de ne pas baisser sa garde. S'il s'avérait qu'ils ne se rendaient pas à l'Academia, il rebrousserait chemin, les abandonnant à leur sort. Il releva son écharpe pour masquer à la foule qui se massait déjà autour d'eux la disgrâce de sa cicatrice et avança juste derrière elle. Otto ferma la marche et ils se dirigèrent vers le grand bâtiment qui abritait l'école où l'on formait les futurs magiciens. Le pas lent des chevaux lui permit de réfléchir à la suite et un éclair le frappa. Ils prenaient la direction de l'école ! Il inspira un grand coup pour dissimuler la joie qu'il sentait monter soudain en lui. S'ils se rendaient à l'école de sorcellerie, c'était sans nul doute dans le but de récupérer Albrecht et Sarah. Une angoisse sourde remplaça sa liesse. Les deux jeunes élèves étaient des mages en devenir désormais, ils avaient sûrement grandi en un an, développé des savoirs dont il ignorait tout. Que ferait-il s'ils le méprisaient pour cela ? S'ils se rangeaient aux côtés des deux autres sorciers, puisqu'ils faisaient partie de la même caste ?

L'allégresse qui s'était emparée de lui à l'idée de ce départ le quitta et ce fut renfrogné qu'il pénétra sous les arcades de l'Academia.

Une immense cour carrée, enclose de vastes tours de pierres claires s'ouvrit devant eux. Comme partout à Fribourg, tout paraissait propre et rangé. Un silence recueilli et studieux régnait sur les lieux dédiés à la sapience et à l'acquisition des connaissances. Ils stoppèrent leurs montures et patientèrent encore, pendant que le froid se diluait sous un timide soleil. Thomassin commençait à en avoir assez, mais soudain, d'une petite porte de bois sur la droite, deux silhouettes jaillirent. Son cœur fit un bond dans sa poitrine lorsqu'il reconnut celle d'Albrecht. Il se jeta à bas de son cheval et se précipita vers le jeune homme.

— Thomassin ! cria ce dernier.

Les deux compagnons se joignirent enfin. Le chasseur le serra chaleureusement contre lui. Ils s'écartèrent, une émotion palpable se peignait sur leurs traits. Thomassin frappa l'épaule du garçon.

— Tu as forci, mon ami ! Je dois aussi admettre que l'absence de tonsure te va plutôt bien.

Albrecht sourit de toutes ses dents. Il ne s'attendait pas à retrouver son camarade et, malgré son émoi, il ressentait de la fierté à garder les yeux secs.

— Depuis plus d'un an que nous ne nous sommes vus, cela a eu le temps de repousser ! Toi, en revanche, tu n'as pas changé…

Il s'arrêta, une boule se formait dans sa gorge et il ne souhaitait pas se laisser déborder par ses sentiments. Thomassin lui avait tant manqué. Il n'y avait pas un jour où il n'avait pas pensé à lui, à leurs aventures, à ce qu'il pouvait bien accomplir ou devenir. Constater qu'il en était de même pour son austère camarade le réjouissait plus qu'il ne voulait bien le dire. Une main délicate saisit la sienne et il s'écarta alors.

— Je manque à tous mes devoirs, sourit Thomassin, le bonjour, Sarah. Tu as bien grandi et je suis heureux de voir que tu te portes bien.

La jeune juive lui fit une petite révérence comique. Le chasseur apprécia la courbe angulaire de ses mâchoires, ses joues rosies par le froid et la force de la longue tresse noire qui barrait son épaule. La chétive jeune fille traquée de Kirksberg lui paraissait bien loin à présent. Le souvenir du jour où ils l'avaient sauvée du pogrom qui avait décimé sa famille affleura à son esprit. L'image fugace d'Arnaud obscurcit un instant son regard.

Leur troupe serait à jamais incomplète sans lui. Albrecht lui lança un regard signifiant qu'il comprenait son trouble. Il se pencha vers son oreille tout en s'assurant que les mages soient hors de portée.

— Nous parlerons plus tard, mais nous avons fait de gros progrès sur le manuscrit de Conquête, murmura-t-il.

Un sourire carnassier éclaira le visage du limier. Eux non plus, n'avaient pas oublié ! Pour les deux jeunes gens aussi, venger leur ami médecin et mettre un terme à la terreur de la goule antédiluvienne demeurait la priorité absolue. Une joie sombre se répandit en lui, ses alliés restaient les mêmes et leur objectif commun dépassait tout ce que l'empire et les magiciens pouvaient bien vouloir. Il suffisait de se montrer patient.

Otto et Génovéfa s'approchèrent alors, rompant les retrouvailles.

— Mes chers enfants, déclama le mage, c'est vous qui aurez l'honneur et le plaisir de nous accompagner jusqu'à Prague ! J'espère que vous avez conscience de votre privilège, quitter les murs de l'Academia durant son apprentissage n'est déjà pas donné à tous, mais chevaucher auprès de deux mages du Conclave, c'est plus que vos misérables personnes ne pourraient jamais espérer.

Les deux jeunes élèves affichèrent un hypocrite sourire pour satisfaire le sorcier pompeux.

— Ne perdons pas de temps en paroles vaines, intervint Génovéfa d'un ton tranchant, mettons-nous plutôt en route sans tarder, car il nous faudra de nombreux jours avant d'atteindre la capitale.

Dans un même élan, les trois compagnons se dirigèrent vers les chevaux, délaissant Otto qui les rattrapa à grandes enjambées. Deux hongres frais attendaient les nouveaux arrivants. Ils attachèrent leurs sacoches de voyage sur leurs bâts et les enfourchèrent prestement. Thomassin les contempla. Il était ravi de les retrouver, peut-être trop. Il récupérait son rôle de protecteur, un rôle qui, s'il lui tenait à cœur, l'angoissait tout autant. Il se morigéna. Ils avaient grandi, leur caractère s'était forgé dans les épreuves qu'ils avaient endurées. Et puis, Sarah était tout à fait à même de se défendre seule.

Ils abandonnèrent les bâtiments et longèrent les rues bordées de maisons à pans de bois. Les murs enduits de chaux blanche dessinaient les contours de la cité, épousaient les falaises qui descendaient vers les rives de la Sarine. Les arbres encore verts pour la plupart se teintaient à peine des vives couleurs automnales. Bientôt, la cité prendrait une allure de belle dame parée de ses vêtements les plus mordorés, de ses bijoux les plus brillants. Ils suivirent la ligne des remparts émaillés de puissantes tours de guet, avant d'atteindre le faubourg de la basse ville, niché tout au bord de la rivière. La brume gagna les ruelles, serpentant sur les pavés humides. Moins animés qu'à l'accoutumée, le quartier prenait vie petit à petit dans le matin frileux et ils arrivèrent sans encombre au pont Saint-Jean. Ils s'engouffrèrent sous les voûtes de bois, habituellement grouillantes de marchands qui s'invectivaient, de carrioles, de porteuses d'eau et de victuailles. Seuls les sabots de leurs montures résonnèrent contre le plancher de bois sombre. La grande peste n'avait pas épargné Fribourg, et beaucoup avaient fui avec armes et bagages, *« cito, longue, tarde »*[9], espérant échapper à l'épidémie. Celle-ci demeurait la plus rapide et l'on comptait les rescapés sur les doigts de la main. Les portes de la cité restaient fermées aux étrangers et aux voyageurs qui tentaient leur chance sur les chemins, bien qu'ils soient de moins en moins nombreux. Le commerce, forcément, s'en ressentait.

La petite compagnie s'engagea sur la route de Berne. Les cimes découpées des montagnes s'élevaient au loin, au-dessus du brouillard épais. Thomassin libéra son visage de son écharpe et aspira à grandes goulées l'air vif. Il jeta un regard entendu à Albrecht et Sarah, et ils disparurent à vive allure.

---

[9] Contraction de l'électuaire des trois adverbes cités plus haut.

Chapitre V

Note Oscura

La nuit tomba, et avec elle une vague angoisse, une peur tenace, poisseuse. Tous sur leur garde, ils scrutaient les ténèbres, se méfiant de ce qui pouvait bien se tapir là, dans les ombres. Ils chevauchaient depuis plus de cinq jours, voyageant quelque part entre le lac de Constance et la cité de Munich. Ils évitaient autant que possible les grandes agglomérations. La pestilence rôdait toujours par les routes. Elle fauchait les imprudents sans aucune distinction. Le peuple, quant à lui, ne se montrait pas tendre avec les étrangers, fussent-ils des mages puissants.

Ils parvinrent aux limites d'un village dont les fermages abandonnés et les essarts en friche laissaient entendre qu'ici aussi, la peste avait fait rage. Thomassin plissa les yeux pour distinguer quelques traces de vie, mais tout était atrocement silencieux.

Plus loin, il avisa un entrelacs de poutres noircies qui fumaient encore. Quelques braises rougeoyaient dans l'obscurité et les cinq cavaliers s'approchèrent avec méfiance. Une odeur écœurante de chairs brûlées s'élevait dans les airs.

Sarah serra sa monture au plus près de celle d'Albrecht et plaqua une main sur sa bouche.

— Restez en arrière, leur commanda Thomassin, les sens en éveil.

Il descendit de son cheval qui renâclait, percevant un danger que le chasseur ne voyait pas encore. Il avança prudemment, Otto sur ses talons. Sous les madriers effondrés par la fureur des flammes, il discerna une forme étrange. Malgré la chaleur qui se dégageait du brasier étouffé, il approcha son visage au plus près, jusqu'à sentir l'haleine ardente sur ses traits. Il recula d'un bond. Un corps. Il y avait un corps calciné parmi les décombres. Ce n'était pas un simple incendie qui avait eu lieu ici, mais un véritable bûcher. Une énième victime des rumeurs, de la peur et de la paranoïa qui s'étaient emparées du monde.

Il se redressa, observant les maisons éparses qui gardaient l'entrée du bourg en sombres sentinelles. Une atmosphère délétère rampait dans l'unique allée. Sur certaines portes, une croix blanche était tracée à l'aide de chaux ou de peinture. Il leva le poing vers ses compagnons pour leur signifier de demeurer immobiles.

— La pestilence à l'air d'avoir fait de sacrés ravages ici, constata Otto platement.

— Merci, grinça Thomassin, sans vous, j'aurais eu du mal à m'en rendre compte. Ne restons pas là. Ce village est loin d'être abandonné et nous pourrions finir comme ce malheureux ou cette malheureuse.

Une main sur la garde de son épée, il regagna le plus vite possible sa monture, les yeux fixés sur les fenêtres que la nuit rendait encore plus noires que la suie. Il crut déceler un mouvement furtif.

— Partons, leur signifia-t-il, nous ne sommes pas les bienvenus.

Il se hissa sur sa selle avec célérité lorsqu'un bruit sourd déchira le silence. Une flèche frôla sa cuisse gauche et son cheval fit un écart. Il tira sur les rênes pour le stabiliser, tout en contemplant le trait qui s'était fiché dans la terre meuble à ses côtés et vibrait encore.

— Voyez, je vous l'avais dit. C'est un avertissement, allons !

Les cinq cavaliers abandonnèrent le hameau au galop, sans demander leur reste.

Un peu plus loin sur la route, Thomassin avisa une chapelle dont le modeste clocher se détachait sur le ciel sombre.

— Nous devrions pouvoir faire halte pour cette nuit dans cette enceinte. Personne ne viendra nous chercher dans un endroit consacré et nous y serons autant à l'abri des morts que des vivants.

Otto fit la moue, mais Génovéfa prit les devants.

— Elle a l'air assez récente, sûrement édifiée pour conjurer la pestilence. Les constructions fleurissent partout où il reste des gens pour les bâtir. Comme si cela changeait quelque chose. Ça fera l'affaire.

Ils pénétrèrent derrière le mur d'enceinte qui délimitait l'enclos sacré et descendirent de leurs montures. Albrecht tendit la main à Sarah qui la lui prit avec reconnaissance. Ce simple geste de réconfort les rasséréna. Une brume opalescente enrobait le petit édifice, lui conférant des airs de refuge dans la tempête. Ils devinèrent quelques tombes qui émergeaient de la terre humide, toutes fraîches. Un long frisson parcourut l'échine d'Albrecht. Ce lieu lui en rappelait un autre, un cimetière bien plus vaste d'où les morts se levaient la nuit pour dévorer les vivants. Sarah dut avoir le même souvenir, car elle serra sa paume plus fort dans la sienne.

Thomassin heurta la porte de bois de trois coups puissants qui résonnèrent dans la campagne vide. Mus par leur instinct, les deux jeunes gens se rapprochèrent, alors qu'une peur irrationnelle s'emparait d'eux.

— Moins fort, murmura le novice, ce vacarme pourrait attirer les hommes qui surveillent sûrement dans les environs.

Le chasseur haussa les épaules.

— Personne ne répond et la porte est verrouillée. Quelqu'un sait crocheter une serrure ?

Il jeta un œil à la ronde, mais aucun ne leva le petit doigt.

— Il faut vraiment tout faire soi-même ! grogna-t-il, irrité.

Il prit un léger élan et frappa du pied contre l'huis. Le bois grinça sous l'assaut, mais ne céda qu'au second coup. La serrure sauta et ils purent enfin pénétrer dans le modeste édifice tandis qu'Albrecht se signait devant ce sacrilège.

— Ne fais donc pas cette tête, je déposerai deux ou trois sous pour les réparations dans le tronc avant de partir.

L'ancien moine leva les yeux au ciel.

— Tu ne devrais pas rire de tes blasphèmes, Thomassin, tu sais où ils te mèneront.

— Crois-tu que j'aie peur de l'enfer ? Allons, Albrecht, tu connais mieux que personne les détails de mon existence... Que veux-tu qu'un démon me fasse ?

Il planta son ami là et fit rapidement le tour du propriétaire. Quelques bancs épars et des prie-Dieu le meublaient chichement. Le maître autel se composait d'un énorme morceau de granit sur lequel une croix inachevée était sculptée. Le chœur était l'endroit le plus vaste, construit tout en rondeur. D'élégantes voûtes s'élevaient en arcs cintrés, dont la clé s'ornait d'une belle représentation de l'*Agnus Dei*[10].

— Bloquons l'entrée à l'aide des bancs, suggéra Otto, puisque grâce à la délicatesse de Von Knochen, la porte ne ferme plus.

— Quel dommage que l'archer de ce village pourri ait été si malhabile, répliqua Thomassin, viser votre tête est pourtant simple, vu son enflure monumentale !

Le mage se retourna vers lui, menaçant, et le chasseur glissa à nouveau les doigts vers la garde de ses épées bénites.

---

[10] Agneau de Dieu, symbole du Christ sacrifié.

— Donnez-moi une seule bonne raison... susurra-t-il, je vous en prie, faites-moi ce plaisir.

Le regard glacial de Génovéfa figea la répartie du magicien sur ses lèvres et il se détourna pour accomplir sa tâche.

— Vous ne pouvez donc tenter de bien vous entendre, vous deux ? questionna-t-elle avec humeur, ou au moins de vous tolérer durant le voyage ?

— Je ne saurais vous expliquer sans prendre trop de temps, développa Thomassin, mais le supporter m'est déjà une torture.

— Vous ne devriez pas lui accorder autant d'importance. Cela le flatte en vérité, alors qu'il n'est qu'un médiocre mage de feu !

Le chasseur tiqua à cet énoncé.

— En quoi est-il plus ordinaire à vos yeux que les autres, si vous me permettez de poser la question ? C'est tout de même un être doué de pouvoir.

Génovéfa hocha la tête tout en arrangeant les couvertures pour la nuit.

— Les mages qui s'éveillent aux auspices du feu sont les moins rares, il en naît au moins un tous les dix ans ! Ils pullulent, ce qui est somme toute normal. Leur art repose sur des émotions simples : peur, rage, colère, envie... Des sentiments très basiques, comme notre Otto !

Elle réprima un petit rire et plongea ses sublimes yeux émeraude dans les pupilles d'ambre du chasseur. Ce dernier sentit ses résistances s'affaisser sous cet assaut et se détourna pour ne pas se laisser submerger par le désir qui montait en lui. Elle s'approcha alors, jusqu'à le frôler.

— Nous méprisons ceux qui contrôlent cet élément plus que le commun des mortels, car ils donnent une mauvaise image du Conclave, se montrent arrogants et impétueux. Vous devriez en faire de même, je vous assure, et vous intéresser plutôt à... d'autres formes de magie.

Elle pressa son corps doux et tiède contre le sien et il éprouva, sous son bras, la tendre courbe de sa poitrine généreuse. La fièvre s'empara de ses joues, il se détacha d'elle avec toutes les peines du monde.

— Je vais... murmura-t-il d'une voix enrouée, voir si je trouve de quoi faire un feu. Nous devons manger.

Elle le regarda s'éloigner avec une moue déçue, avant de revenir à sa tâche. Ce n'était qu'une question de temps toutefois avant qu'elle n'apprivoise ce fauve sauvage.

Accroupi devant le maître autel, Albrecht priait. Il retrouvait le réconfort de ce geste simple qu'il avait tant et tant de fois accompli par le passé. Cela lui procura un sentiment de normalité bienvenu. Sa vie à l'abbaye remontait à plus d'un an, pourtant, il avait l'impression que cela faisait une éternité que son existence se trouvait bouleversée. Il demanda la clémence du Très-Haut pour les soutenir dans leur lutte contre l'être maudit qui les défiait. Un peu d'aide divine ne serait pas de trop, quoi qu'en pensent Thomassin ou les mages.

Alors qu'il achevait son *pater*, un écho ricocha contre les pierres et lui fit tourner la tête. Il tendit l'oreille. Un murmure étrange parvenait jusqu'à lui. Intrigué, il se leva. Le bruit était ténu, comme étouffé, mais il reconnut les sanglots d'un enfant. Il parcourut vivement des yeux le petit édifice, certain qu'aucun bambin ne pouvait se dissimuler entre les murs nus et s'approcha d'une des étroites fenêtres ménagées au fond du chœur. La nuit dehors était si noire qu'on l'aurait dit liquide, presque palpable. Il patienta et les pleurs du nouveau-né reprirent. Il y avait dans la campagne environnante un enfant en détresse. Il ne pouvait rester sans rien faire, il fallait au moins aller voir et, si possible, lui venir en aide par quelque charité. Il se dirigea vers la porte barrée de plusieurs bancs et s'apprêtait à l'ouvrir quand une main puissante pesa sur son épaule. Il sursauta.

— Que comptes-tu faire ? lui demanda fermement Thomassin.

— J'ai cru entendre quelque chose, dehors.

— Et quoi donc ?

— Un nouveau-né qui pleure. Je sortais voir ce qu'il en était. Nous ne pouvons pas le laisser à l'extérieur par cette nuit si obscure. Imagine ce qui rôde tout autour, dans les ténèbres.

— J'imagine fort bien ! Un enfant, hein ? Albrecht, quand cesseras-tu d'être aussi naïf ? Tu as pourtant parcouru suffisamment de lieues en ma compagnie, de campagnes maudites et abandonnées pour ne pas tomber dans les pièges les plus simples ! On ne t'apprend donc rien, dans ton Academia ?

Le jeune homme le regardait sans comprendre, et se tourna vers les autres, que les éclats de voix attiraient. Le chasseur laissa un silence pesant s'installer. Ils entendirent alors tous distinctement les cris de terreur d'un bambin déchirer le calme de la nuit.

— Ah, tu vois ! J'ai raison, il y a un pauvre enfançon, là dehors ! Il faut lui porter secours !

Il avança la main vers la porte, mais Thomassin lui barra le passage de toute la masse de son corps.

— Il n'y a pas de nouveau-né en détresse à l'extérieur ! Il n'y a qu'un crieur[11] qui attend qu'un coquebert comme toi tombe dans son piège ! L'endroit est sûrement bordé de marécages ou d'un étang, ce genre de revenant apprécie l'eau, expliqua-t-il d'un ton rude. Il est facile d'éloigner les imprudents des routes pour les perdre et les noyer.

Le novice plissa le nez et chercha du regard un soutien chez ses camarades, mais n'obtint que des soupirs discrets et aussi, un peu de pitié.

— Tu doutes de mes dires ? Fort bien !

---

[11] Les crieurs, ou appeleurs, sont des créatures nocturnes issues du folklore populaire, résurgence du petit peuple païen, dont la caractéristique commune est de crier ou d'apostropher les voyageurs, soit pour les attirer dans des pièges, soit pour les avertir d'un danger.

Le limier porta la paume à l'une de ses épées et saisit le jeune homme par le bras sans ménagement. Il lui colla entre les mains une lampe en terre cuite qui éclairait une des alcôves. La statue du saint qui l'ornait, privée de lumière, se couvrit d'ombres agressives.

— Sortons d'ici, ensemble ! Mais je te préviens, tu vas devant...

Albrecht hésita, puis les mains tremblantes, se dirigea vers l'entrée de la chapelle. Il allait peser sur l'un des obstacles pour libérer le passage quand un nouveau cri déchira les ténèbres. Un cri, qui, cette fois, ne possédait rien d'humain. Un râle semblable au crissement d'une vieille crécelle rouillée, comme en portaient les ladres, échappé de la gorge de quelque créature innommable rampant dans le noir. Il recula jusqu'à heurter Sarah, qui rattrapa le lumignon de justesse avant qu'il ne se brise à terre.

— Thomassin a raison, tu sais, lui murmura-t-elle, il vaut mieux rester ici. Je ne crois pas que qui que ce soit ait besoin de ton aide.

Le jeune homme déglutit et acquiesça, penaud. Il s'en voulait encore de s'être laissé berner aussi bêtement par un revenant. Un cuisant sentiment d'humiliation et de honte lui mit le rouge aux joues et il reflua vers le centre de la large pièce où leurs paillasses étaient disposées en rond. Il s'assit, le menton dans les mains, sans bouger.

Thomassin poussa un grognement las et les rejoignit.

— J'ai trouvé du foin et des bûches, au fond de la chapelle, près de saint Joseph. Nous allons pouvoir allumer un feu pour nous chauffer, mais le maintenir toute la nuit sera sans doute difficile sur ce sol dur. Je crains que cette dernière ne soit pas des plus confortables et soit assez froide.

À ces mots, Génovéfa se matérialisa à ses côtés, un sourire aguicheur sur ses jolis traits rebondis.

— Il y a bien d'autres manières de tenir chaude une couche, vous savez, lui susurra-t-elle, je peux vous en montrer plusieurs.

Le chasseur l'ignora. Toute joie avait disparu de son visage pour laisser place à une expression concentrée et soucieuse. Elle n'insista pas, même si son attitude la vexa. Elle voyait bien qu'il était préoccupé, tant par la présence de la créature au dehors que par son algarade avec Albrecht. Elle comprenait qu'un lien fort, mais étrange, un peu comme un amour filial qui ne disait pas son nom, unissait les deux hommes, et les séparait parfois. Une conception radicalement différente du monde et des choses les habitait. Son intuition lui dictait que cette dissemblance pourrait bientôt éclater au grand jour et causer en eux des dégâts irréparables, s'ils ne se parlaient pas à cœur ouvert. Elle jeta un œil du côté de la jeune fille, qui murmurait des paroles apaisantes au novice. Elle se promit de lui en toucher un mot, pour le bien de leur groupe et pour leur cohésion. Otto et Thomassin s'entendaient déjà comme chien et chat, nul n'était besoin de nouvelles disputes.

Le reste de la soirée se déroula dans un silence épais et embarrassé, que le repos relatif ne parvint pas à dissiper.

Le lendemain, le jeune garçon se leva le premier et s'empressa de ranger ses affaires avec une rage contenue, relief de son ressentiment de la veille envers le chasseur et surtout envers lui-même. Il jeta un regard vers le maître autel et le grand crucifix de bois sombre qui le surmontait. Une prière, même courte, possédait le don d'apaiser son exaspération. Commencer une journée avec rancœur ne lui ressemblait pas. La triste figure du fils de Dieu, résigné à subir son destin, l'irrita sans qu'il sache pourquoi.

Pour la première fois de sa vie, il se détourna de l'image du Christ et laissa la colère bouillonner en lui comme une onde turbide.

Chapitre VI

Drnò

La route pavée menait aux abords d'un bourg amassé autour d'une butte. Un soleil timide perçait au travers des lambeaux de brume qui se dispersaient lentement. La campagne alentour semblait fumer sous la chaleur qui montait, les vallées serpentaient entre les collines boisées que de grandes tours coiffaient. De petits troupeaux de brebis émaillaient la plaine. La mort noire semblait épargner la contrée.

Ils s'arrêtèrent un instant sous un large tilleul dont les branches demeuraient décorées de belles feuilles. Génovéfa tendit la main vers l'écorce épaisse et crevassée du géant. Elle ferma les yeux. Sous ses paupières closes, une étrange lueur verdâtre scintilla et Thomassin songea que, peut-être, elle échangeait avec l'arbre séculaire.

Les autres sortirent leurs gourdes et s'abreuvèrent, avant de reporter leur attention sur le village qui apparaissait devant eux.

— C'est le village de Drnò, déclara Génovéfa, vous voyez, sur la colline, le castel avec son donjon carré ? Les châtelains sont aimables et nous feront un bon accueil, en nous offrant le gîte et le couvert. Nous ne sommes plus qu'à quelques jours de chevauchée de Prague. Profitons-en pour nous reposer, nous sommes en avance.

Otto hocha la tête, nullement impressionné par le savoir de sa consœur, mais les trois autres l'interrogèrent du regard.

— Comment en êtes-vous si sûre ? demanda Albrecht.

— C'est lui qui me l'a dit, répondit-elle en désignant le majestueux végétal, les arbres sont bien plus anciens que nous, ils voient tout, surtout ceux qui sont postés à des carrefours comme celui-ci. Leur sagesse, hélas, n'est plus célébrée. Ce qui est fort dommage.

— C'est tout ce qu'il vous a livré ? intervint Thomassin, cela me semble trop beau pour être vrai.

— Êtes-vous toujours aussi pessimiste ? Il m'a encore précisé que les voyageurs sont très rares ici, d'où le fait que la pestilence les ait épargnés. C'est tout ce qu'il sait. S'il y a autre chose, c'est à nous de le découvrir. Cependant, j'ai pour coutume d'accorder plus de foi aux arbres qu'aux hommes.

Le chasseur s'en tint là, décidé pour une fois à faire confiance aux étranges pouvoirs de la magicienne. Les arbres pouvaient bien parler. Après tout, ce n'était pas plus extraordinaire que des morts qui revenaient à la vie ou des monstres reptiliens dissimulés dans les eaux profondes.

Il claqua de la langue pour faire avancer sa monture. Ils se dirigèrent au pas vers les premières maisons, goûtant le calme matinal qui régnait dans les venelles pavées. Seul le son étouffé d'un marteau qui s'abattait sur l'enclume troublait l'atmosphère endormie. La brume se parfuma soudain d'une odeur de pain chaud et leurs estomacs s'éveillèrent. Les rues montaient doucement vers le point culminant : le château. La masse impressionnante de ce dernier se découpait sur le ciel encore gris, entouré de profondes forêts de résineux dont l'éclat vert foncé contrastait avec les premières couleurs automnales. Les toits de tuiles roussâtres tranchaient sur les pierres claires du donjon. Ils parvinrent à la porte imposante, ouverte dans l'enceinte surmontée d'une barbacane[12] et gardée par deux hommes en faction. Leurs hallebardes argentées et la livrée azur portaient les armes des seigneurs des lieux, une tour crénelée, coiffée des aigles à deux têtes.

Les cavaliers mirent pied à terre et, Thomassin en tête, s'approchèrent des sergents. Ces derniers les dévisagèrent sans un mot, avant que leurs faces rustres s'illuminent de sourires falots.

— Bienvenue, Messires mages, s'inclina le premier, notre maître, le comte Stefán, sera ravi de recevoir des hôtes aussi prestigieux que vous.

Thomassin souffla avec exaspération. Bien entendu, ces deux rustauds avaient reconnu la vêture et les broches des membres du Conclave qu'arboraient Génovéfa et Otto. Tout cela ne devait rien à la bonne disposition des seigneurs du coin ou à leur simple miséricorde. Il s'attendait à rencontrer un obséquieux petit monarque d'une province de l'empire, qui s'empresserait de demander que l'on parle en termes élogieux de l'accueil qui leur serait fait. Il avança dans la large cour pavée, entourée de bâtiments de bois alignés, et leva les yeux vers l'immense donjon. Une sorte de vertige le saisit alors. Un malaise diffus s'insinua en lui, gagna ses veines et glaça son sang. Les fenêtres obscures s'ouvraient comme une bouche édentée sur la façade blafarde. L'allure massive du château, ses hauts murs dressés vers le ciel lui parurent soudain menaçants. Il déglutit.

— Tout va bien ?

Il se retourna pour contempler Albrecht qui lui lançait un regard inquiet. L'impression se dissipa comme un mauvais rêve lorsqu'il croisa ses grands yeux candides. Il se passa une main sur le visage, fourrageant dans sa barbe de plusieurs jours.

— Oui, merci. Sûrement le venin de ce maudit animal qui me tourmente encore.

---

[12] Ouvrage défensif avancé percé de meurtrières.

— Si tu souffres, nous pourrons demander à nos hôtes de te préparer quelques décoctions purgatives. Cela devrait te permettre d'évacuer ce qu'il reste de poison dans ton sang.

Le limier lui adressa un pâle sourire, écartant les lèvres rosâtres de sa longue cicatrice. Enfin, le jeune homme souhaitait enterrer la rancœur qui couvait entre eux depuis plusieurs jours. Il arrêta bien vite sa grimace. Une servante accourait au-devant d'eux. Il ne souhaitait pas l'effrayer.

Elle s'acquitta d'une petite révérence, s'essuya vivement les mains sur le tablier qui couvrait sa tunique.

— Au nom de notre seigneurie, soyez les bienvenus, Messires, mes Dames. Le comte Stefán est parti de bonne heure à la chasse avec son équipage. Il vous recevra tantôt, lorsqu'il reviendra. Pour le moment, je vous prie de me suivre jusqu'aux cuisines.

Les cinq compagnons acquiescèrent et emboîtèrent le pas de la jeune femme. Ils contournèrent une vaste écurie de laquelle quelques hennissements s'échappaient, tandis que plusieurs palefreniers s'affairaient, fourches et seaux à la main. Un peu plus loin, dans un enclos fermé, quelques porcs fouissaient la terre à la recherche des reliefs de leur dernier repas.

Thomassin leva à nouveau les yeux vers la tour carrée, mais la sensation de malaise s'était évanouie. Cela le rassura et il suivit la petite troupe en se sentant légèrement mieux.

Ils pénétrèrent dans une vaste salle voûtée, quelques marches s'enfonçaient dans le sol de terre battue pour les amener au niveau de la cuisine. Une douce chaleur les enveloppa, chargée d'odeurs délicieuses. Les effluves des pâtés, rôtis et compotées qu'on préparait, assaillirent leurs narines. Albrecht et Sarah se jetèrent de petits coups d'œil en coin. Ils n'avaient rien avalé depuis la veille. La jeune femme les guida devant une grande table carrée, couverte d'herbes, de légumes et de volailles qui attendaient d'être parées.

— Installez-vous, leur dit-elle en désignant des tabourets épars, je vais appeler pour que l'on vous serve, je reviendrai vous chercher pour vous désigner vos chambrées.

Elle disparut derrière un vaste meuble de bois grillagé qui tenait lieu de garde-manger. Thomassin aida galamment Génovéfa à retirer son mantel et fit de même avant de s'asseoir. Maintenant qu'ils étaient coupés de la froidure extérieure, il commençait même à avoir chaud.

Le four exhalait une vapeur continue et une lourde buée, chargée d'épices, montait de deux grands chaudrons calés dans le foyer. La cheminée était garnie de broches à rôts qui attendaient d'accueillir les gibiers de Stefán et de sa troupe.

Une matrone aux épaules larges entra, flanquée de deux pages qui paraissaient chétifs en comparaison. Elle déposa sans un mot devant eux pots de lait tiède, salaisons, pain et compote.

Elle s'inclina si bas que Thomassin crut que ses seins énormes allaient jaillir de son corsage. Elle se redressa, asséna des ordres aux deux jeunes garçons d'une voix de stentor dans une langue que le chasseur ne comprenait pas. Génovéfa sourit largement devant cette femme qui paraissait mener son monde d'une main de maître. Elle connaissait mieux que quiconque la valeur de ses sœurs. Rien ne la réjouissait plus que lorsque l'une d'entre elles mettait à profit ses qualités pour régner, fût-ce sur une cuisine !

Les deux hommes découpèrent les miches et distribuèrent les tranchoirs aux autres, qui s'empressèrent d'engloutir jambon et saucisson.

Pendant plusieurs minutes, l'on entendit seulement les bruits de mastication, avec, en toile de fond, les cris de la marmitonne. Une fois repus, une sourde torpeur s'empara des voyageurs fourbus. Albrecht commençait à piquer du nez lorsque la jeune servante réapparut comme par enchantement.

— Vos chambrées sont prêtes, si vous voulez bien me suivre.

Elle les mena le long des couloirs de pierre, éclairés de lampes à graisse. Dehors, le soleil perçait au travers des nuages. Sa lumière poudrée, automnale, tombait en pluie par les fenêtres géminées. Ils empruntèrent un escalier à vis et gravirent deux étages avant que la serve n'ouvre une porte basse à l'aide d'un épais trousseau de clés.

Thomassin se baissa avec précaution pour ne pas heurter le linteau. Il n'avait pas besoin d'une commotion en plus du reste ! Un frisson le saisit lorsqu'ils parvinrent dans la coursive qui desservait les chambres. Il se passa la main sur la nuque, relevant ses cheveux noués à l'arrière. Un courant d'air glacial semblait souffler dans les recoins, sans qu'il puisse en deviner l'origine. De larges tentures d'un vert sombre, décorées de motifs *millefiori,* et des tapis ornaient murs et sols. Ils isolaient aussi les pièces de la froidure extérieure. Cela ne pouvait venir de là.

— Les hommes peuvent dormir ici, déclara la jeune femme.

Ils découvrirent une chambre vaste dans laquelle trois lits aux montants de bois trônaient. Ils étaient garnis de paillasses rebondies, couvertes de fourrures d'ours. Pour le reste, des escabelles et une écritoire se trouvaient près des fenêtres agrémentées de coussièges ornés de molletons. Deux braseros étaient disposés dans les coins et une cheminée, plus petite que celle de la cuisine, occupait un pan de mur, les braises fumantes diffusant une chaleur agréable.

— J'espère que cela conviendra. Je vous abandonne ici, dit-elle en tendant la clé à Thomassin.

Elle fit signe à Sarah et Génovéfa, qui continuèrent à sa suite. Après un coude à dextre, elle leur dévoila leur appartement pour la nuit. Ce dernier ne comportait qu'un immense lit, suffisant pour abriter au moins trois jeunes femmes comme elles.

— Cela ne vous dérange pas de dormir ensemble ? les questionna-t-elle, légèrement gênée. Nous disposons de peu de chambres, mais celle-ci est une des plus agréables. Avec celle de ses seigneuries, bien entendu.

— Cela conviendra parfaitement, confirma Génovéfa.

Elle adressa un clin d'œil à Sarah qui acquiesça.

— Souhaitez-vous que je vous fasse porter un cuvier d'eau chaude ? Ce ne sera pas suffisant pour prendre un bain, mais vous permettra de vous débarrasser de la poussière du voyage.

— Ce serait idéal. Nous en profiterons pour nous changer. J'imagine que nous souperons avec vos maîtres, ce soir ?

— Certainement. Une collation vous sera montée pour déjeuner, en attendant, ils vous prient de ne pas quitter votre chambre. Merci.

Elle se retira et, se retrouvant en tête-à-tête, les deux femmes échangèrent un regard interrogatif.

— Pourquoi nous interdire de visiter le château ? demanda Sarah. Cela ne vous semble pas étrange ?

— Ils ont sans doute peur des vols, tenta la magicienne, peu convaincue.

— Tout de même... Vous faites partie du Conclave et Otto aussi. C'est un gage de fiabilité, non ?

Génovéfa haussa les épaules.

— La peur de l'étranger fait parfois faire des choses insensées.

Sur ce point, Sarah ne pouvait qu'être d'accord. Une gêne diffuse la saisit et elle frotta ses mains l'une contre l'autre. La magicienne poursuivit.

— Il y a une atmosphère curieuse dans ce castel. Je ne parviens pas à mettre un mot sur cette sensation. C'est comme...

— ... un air glacial qui soufflerait par intermittence, acheva la jeune juive sous les yeux effarés de sa consœur.

— Oh, tu le sens toi aussi ! Eh bien, chassa-t-elle d'un revers de main, ne nous préoccupons pas de cela, et profitons-en pour nous vêtir !

Elle fouilla ses sacoches avec frénésie, afin de choisir une cotte qui siérait à la soirée. Sarah s'assit sur le lit en tailleur pour la regarder fouiller, un vague sourire sur ses lèvres. Elle n'avait pas eu beaucoup d'occasions de côtoyer ses consœurs et Génovéfa, qui portait sa féminité en étendard, la fascinait. Deux servantes entrèrent, interrompant le manège de la mageresse.

— Ah, nous allons pouvoir nous nettoyer ! s'exclama-t-elle tandis que les autres déposaient le baquet entouré de linge et empli d'une eau fumante. Laissez-nous, on se débrouillera !

La magicienne les poussa bien vite vers la porte avant de se tourner vers la jeune juive, un air facétieux sur ses traits juvéniles.

— Je vais m'occuper de toi, tu vas voir ! Ôte donc tout cela !

Interloquée, Sarah lui obéit et se retrouva bien vite simplement vêtue de sa chainse fine. La magicienne effleura l'eau du bout des doigts.

— Hum... on va améliorer tout cela !

Ses yeux étonnants se teintèrent de cet éclat caractéristique de ceux qui pratiquaient la magie, et des pétales de roses, de lavande et de camomille churent dans le bassin. Sous la vapeur qui exhalait une odeur divine, Sarah se détendit un peu. Elle délaça sa chemise et monta dans le baquet, puis s'accroupit pour se baigner dans l'eau brûlante. À ses côtés, la magicienne s'empara d'un peu de savon. Elle huma la pâte grisâtre.

— Pas terrible... commenta-t-elle, avant de faire apparaître des fleurs de saponaire qu'elle broya dans sa paume. Elle les mélangea à la mixture qu'elle étala généreusement sur le corps de la jeune fille. Cette dernière frissonna sous les mains expertes. Génovéfa l'étrilla si fort que sa peau rougit. Elle finit par la rincer abondamment et lui tendit un linge pour qu'elle se sèche.

— À moi, à présent !

Elle s'assit dans le baquet et s'empressa de faire ses ablutions à son tour en poussant de petits soupirs d'aise. À côté, Sarah achevait de s'essuyer et lui tournait le dos. Elle renfila bien vite ses vêtements. Cette proximité de leurs corps, l'absence de pudeur de la mageresse, lui faisait monter le rouge aux joues. Elle préféra s'éloigner et terminer sur le coussiège.

La magicienne ne tarda pas à la rejoindre et lui tendit un petit flacon de verre poli qui contenait un liquide ambré.

— Qu'est-ce donc ?

— Cela, sourit-elle avec un air de conspiratrice, c'est mon secret ! Je le partage volontiers avec toi. Il s'agit d'une huile précieuse, tirée des racines mères du lis, la fleur de Notre-Dame et celle des rois. J'y fais macérer plusieurs plantes de ma pharmacopée. C'est souverain, que l'on passe ses journées dehors dans la froidure ou dedans, exposées aux feux des cheminées !

Sarah la remercia et entreprit de s'enduire avec la matière odorante et glissante. Elle devait bien admettre que ce massage improvisé faisait un bien fou après leur longue chevauchée. Une fois fait, la magicienne s'empara d'un peigne et démêla ses cheveux blonds et bouclés, toujours sous le regard avide de Sarah.

— Tu veux que je te coiffe ? lui demanda-t-elle, tu as de si beaux cheveux, noirs telles les plumes des corbeaux. Ce sera un plaisir !

Un peu alanguie par le procédé, la jeune juive défit ses nattes et s'assit sur le lit. Génovéfa commença à brosser chaque mèche avec application, pour leur rendre lustre et souplesse.

— Magnifique, un vrai don du ciel ! Tu dois les tenir de ta mère, non ?

Sarah se raidit et se rembrunit à l'évocation de sa famille.

— Oui. Enfin, je ne me souviens pas. Cela fait longtemps que je ne les ai vus.

— Comment ça ? Tu ne vas pas me dire que tes parents ne sont pas fiers de leur fille ! Entrer à l'Academia n'est pas donné à tous et les plus riches familles se bousculent aux portes sans obtenir satisfaction. C'est une preuve de la reconnaissance de ton intelligence et de tes dons. Ils devraient te féliciter, c'est un insigne honneur.

— Ils sont morts, laissa tomber la jeune fille.

— Pardonne-moi, je ne voulais pas te blesser, reprit la sorcière après un silence, c'est fort triste. J'ai aussi perdu mes parents, je sais ce que c'est.

— Vraiment ? Cela m'étonnerait ! Je ne pense pas qu'on les ait torturés, avant de les brûler en place publique !

Génovéfa marqua un temps d'arrêt devant cette cruelle révélation.

— Je comprends ton amertume et ta colère. Ton peuple est victime de la bêtise et de la peur des hommes. Mais tu ne devrais pas juger hâtivement, car tu ne sais ce que j'ai pu traverser, moi aussi. Tu l'as peut-être compris, mais les mages ne sont pas appréciés par tous...

— Peut-être, mais l'on ne vous jette pas sur les bûchers au moins.

— Pas pour l'instant, non, mais cela viendra, asséna la mageresse gravement.

Elle acheva sa tâche sans plus rien dire et noua à nouveau les longs cheveux de Sarah en deux tresses qu'elle réunit sur le sommet de son crâne.

— Voilà, lui dit-elle. Oh, attends, j'ai une idée ! Puisque nous serons invitées pour le souper, nous pouvons bien nous permettre une petite fantaisie, n'est-ce pas ?

Elle agita les doigts au-dessus de la couronne qu'elle venait de confectionner et la tête de la jeune fille se couvrit d'un chapelet de fleurs sauvages. Rouge de plaisir, Sarah la remercia.

— Pardonnez mes paroles de tout à l'heure. J'ai parfois... grande nostalgie de ma famille. Cela me pèse tant de ne plus les savoir de ce monde.

La mageresse lui tendit ses bras et elle se précipita dans le berceau offert. Ce soutien chez cette femme qu'elle connaissait à peine lui faisait plus de bien qu'elle ne voulait l'admettre. Tout contre son épaule presque à nue, elle laissa couler ses larmes amères. Pour la première fois, depuis bien longtemps, elle s'abandonna à la bienveillance de quelqu'un d'autre qu'Albrecht.

Génovéfa la serra contre son cœur. Elle souhaitait que ce geste si simple lui gagne la confiance de la jeune femme. Son immense potentiel l'exigeait.

Chapitre VII

La dame au blanc suaire

À travers le verre grisé, Thomassin, torse nu, scrutait les jardins en contrebas de la forteresse. Ils s'enroulaient en petits cercles autour du donjon, occupant l'espace entre ce dernier et la muraille protectrice. Carrés de simples, vergers et potagers procuraient aux châtelains de quoi se sustenter facilement. Il contempla l'horizon. Le castel de Drnò n'avait pas dû subir beaucoup de sièges. Sa situation idéale, sur un affleurement rocheux, le rendait aisé à défendre. Et très compliqué à prendre. Il crut percevoir un mouvement et son regard fut attiré par un bout d'herbe isolé du reste. Il plissa les yeux. Des pierres arrondies semblaient sortir de terre, comme si on les y avait plantées. Des tombes. Il y avait là un petit cimetière.

À nouveau, un tremblement le parcourut des pieds à la tête. Qui reposait donc dans ces sépultures ? Les seigneurs devaient être inhumés dans la chapelle, leurs gisants reposant sous les dalles froides du saint lieu, ce n'était sûrement que des membres de la mesnie qui étaient inhumés là.

— Tout va bien ?

L'accent inquiet dans la voix d'Albrecht le fit se retourner. Il contempla le novice de ses yeux d'ambre et lui demanda :

— Ne sens-tu pas quelque chose de bizarre ici ? Comme un air glacé, par instants ?

Le jeune homme lui adressa une grimace maladroite.

— Tu devrais peut-être te rhabiller, si tu as froid.

— Ce n'est pas ça... N'as-tu pas l'impression qu'on nous observe depuis notre arrivée ?

Le novice allait répliquer lorsque la voix d'Otto se fit entendre depuis le fond de la pièce. Nu, les deux pieds dans le baquet fumant dont il réchauffait l'eau au fur et à mesure, le mage indiqua :

— Je l'ai senti, moi aussi. Il y a une force étrange à l'œuvre dans ce château dont je ne parviens pas à deviner la provenance.

— Je m'étonne que vous fassiez preuve d'une telle finesse, commenta Thomassin.

— Tous les mages sont sensibles aux énergies surnaturelles, expliqua-t-il en haussant les épaules. Ce sont des sortes de boussoles pour nous, de précieux indicateurs.

— C'est donc de la magie ? s'enquit le chasseur, plus intéressé qu'il ne voulait l'admettre.

— Je ne sais pas... déclara-t-il en sortant de la bassine. C'est assez étrange, comme ressenti. Je dirais qu'il s'agit d'autre chose.

— Merci de votre intervention, nous voilà bien avancés.

— C'est que cela ne me concerne pas, c'est tout. Nous aurons quitté cet endroit demain, je ne vois aucune raison d'approfondir une simple impression.

— Vous n'êtes donc pas curieux ?

— Non, asséna-t-il. Achevez de vous préparer, ce serait impoli de faire patienter nos hôtes.

Sans se départir de son désagréable sentiment, Thomassin renfila sa chainse avant de se saisir d'un pourpoint noir brodé de fils d'argent et d'une veste sombre. Il se tramait quelque chose dans ce château, et si les mages ne s'en préoccupaient pas, il était bien décidé, lui, à éclaircir ce mystère.

Mains croisées dans son dos, son menton volontaire couvert d'une fine barbe grise, vêtu de pourpre et de vert, le comte Stefán les attendait. Il contemplait le feu qui crépitait dans la vaste cheminée de la grande salle. Pages et servantes finissaient de dresser la table et déjà, de délicieux effluves d'épices et de viande mijotée montaient en volutes vers le plafond. De lourdes tentures de fils de soie tapissaient les murs, représentant scènes de chasse et pastorales. Des candélabres brûlaient sur de hauts trépieds ornementés et l'on achevait de relever le lustre, immense roue de bois clair illuminé d'une vingtaine de chandelles de cire. Privilège réservé aux convives prestigieux. Après tout, deux mages du Conclave et un chasseur du Saint Empire le méritaient bien. Drnò ne recevait que rarement ce genre de visiteur.

Il soupira tandis qu'une main délicate se posa sur sa manche. Il sourit tristement à son épouse, dont la robe bleu foncé soulignait la finesse de la taille et le teint pâle.

— Tout va bien se dérouler, l'apaisa-t-elle. N'ayez pas de crainte.

— Je souhaiterais avoir votre confiance, ma douce amie. Pour autant, je ne puis m'empêcher de voir dans l'arrivée de ces étrangers un signe, ou un espoir. Pensez-vous que je doive leur demander de l'aide ?

Elle lui lança un regard horrifié.

— Certes non ! Vous l'avez dit, ce sont des inconnus, mais ils se rendent à la cour ! S'ils colportent sur nous de mauvais ragots, plus personne ne viendra nous visiter. Cela renforcera notre isolement, nous tomberons définitivement en disgrâce. Je vous en conjure, profitons de cette trop rare occasion.

— Vous parlez d'or. Après tout, je m'inquiète pour rien. Il n'y a aucune raison pour qu'*elle* se montre.

À l'autre bout de la pièce, un page annonça l'entrée de Sarah et Génovéfa. Il fallait admettre que la magicienne avait fait merveille. La jeune fille resplendissait, son teint brillait à la lueur des flammes et le chapelet de fleurs sauvages rehaussait sa carnation juvénile. Génovéfa, dans une somptueuse robe de soieries vertes, n'était pas en reste. À son corsage, une émeraude enchâssée dans un pendentif d'or fin reproduisait l'éclat envoûtant de ses yeux. Elles s'empressèrent de saluer le comte et la comtesse.

Ils achevaient de se présenter lorsque les hommes les rejoignirent. La magicienne ne put s'empêcher de s'attarder sur l'allure altière de Thomassin, bien que le visage ravagé du limier affichât une expression préoccupée.

— Mes chers, mon épouse, Mechtilde et moi-même, sommes enchantés de vous accueillir à Drnò ! Nous nous excusons par avance de la pauvreté de nos mets. Nous recevons peu...

Dame Mechtilde s'avança vivement pour reprendre la conversation :

— Mon époux veut dire par là que nous ne nous attendions pas à votre venue et que nous en sommes ravis ! L'arrivée de la morte saison nous isole, soyez les bienvenus.

Thomassin ne put s'empêcher de tiquer à l'explication de la dame de céans. Septembre était bien avancé, mais l'hiver était encore loin. Il jeta un coup d'œil furtif dans la grande salle. Les seigneurs étaient seuls. Point d'enfants ou de descendants. Il se demanda pourquoi on leur avait interdit de circuler dans le castel avant le souper, alors que la châtelaine était sans nul doute au logis. Son mari ne semblait pas jaloux ou hostile à la présence d'hommes sous son toit. Décidément, une atmosphère singulière flottait dans l'air. Les seigneurs des lieux dissimulaient quelque chose, il en était désormais persuadé.

On les invita à prendre place et Génovéfa s'assit d'autorité à la droite du limier qui, pour la première fois de la soirée, posa les yeux sur elle. Elle était d'une beauté époustouflante. Ses formes amples mises en valeur par la soie tendre, sa peau diaphane exposée comme un fruit tentateur et cette émeraude qui se reflétait dans ses prunelles brûlantes, tout en elle était divin. Il déglutit et sentit le sang affluer à ses joues, mais pas uniquement à ses joues ! Il s'efforça de calmer ses ardeurs, réveillées par l'éblouissante jeune femme, mais ne put éviter de la complimenter.

— Vous êtes des plus fines, ce soir, lui murmura-t-il d'un timbre rauque.

La mageresse sourit sous la louange, mais ne réagit pas plus que cela, consciente de son pouvoir de séduction et de l'effet qu'elle produisait sur lui. Il recula dans son faudesteuil tandis qu'on lui servait une coupe de vin clairet.

— Il est de nos coteaux, vous m'en direz des nouvelles, commenta le comte Stefán, la qualité des crus moraves est bien connue.

Thomassin trempa les lèvres dans le liquide couleur rubis et hocha la tête d'un air appréciateur qui satisfit son hôte.

— Il est bon, mais pardonnez-moi, rien ne vaut les flacons issus des vignobles d'Ottrot. La supériorité des vins alsaciens n'est plus à prouver, ils rivalisent aisément avec les meilleurs crus bourguignons.

Une grimace gênée se peignit sur les traits du comte et les autres convives enfouirent leur nez dans leurs coupes.

— Ce vin, comme les gibiers et tous les accompagnements qui vous seront servis, est produit sur nos terres. J'espère qu'ils ne décevront pas vos précieux palais.

— Il est parfait ! déclara Génovéfa.

— En effet, renchérit Thomassin, j'ai pu noter que votre castel ne manquait de rien. Vous ne devez pas craindre que l'on vous assiège, vos provisions semblent abondantes.

Il vit le visage du seigneur des lieux se détendre quelque peu.

— Nous sommes très bien organisés et la forteresse est solide, personne ne peut franchir ses remparts ! Drnò est réputée pour être imprenable.

— Ce n'est guère surprenant, intervint Albrecht, la situation est idéale et les défenses de votre maison sont très bien pensées. J'ai rarement vu une aussi belle citadelle. À part, peut-être, Kaysersberg...

Le chasseur se raidit sur son faudesteuil à cette évocation. Sa main se contracta, il se retint de la porter à son visage. Le novice s'en aperçut et se mordit les lèvres, l'air désolé. Pourtant, en son for intérieur, une légère satisfaction effleura sa conscience, comme une petite vengeance personnelle.

Les pages et les écuyers entrèrent, les plats chargés oscillant entre leurs bras frêles, ce qui brisa l'échange tendu. Bien que le repas se déroulât sans incident, Thomassin ne put s'empêcher de chercher sur les visages de ses hôtes des réponses à ses questions. Si la dame de céans jouait son rôle à la perfection, il nota que le comte Stefán demeurait crispé, comme s'il n'avait qu'une hâte : que le souper prenne fin. Malheureusement pour lui, les cuisiniers et sauciers avaient fait des merveilles, les plats s'enchaînaient sans aucun faux pas.

La petite compagnie retrouvait avec plaisir une nourriture roborative. Albrecht affichait des joues rouges et riait aux éclats avec Sarah tandis que Génovéfa veillait à remplir sa coupe dès qu'il la vidait. Il s'appliquait donc à ce que le liquide ne descende pas trop vite afin de conserver sa lucidité, s'il souhaitait percer à jour le secret des châtelains. Le repas se termina sur des dragées, disposées dans un plat d'argent ouvragé. Le comte jeta les tranchoirs à ses chiens, deux gros dogues aux robes bringées, signifiant la fin de la soirée. Thomassin repoussa son faudesteuil et tous se levèrent d'un bel ensemble.

— Que la nuit vous soit agréable, les salua Dame Mechtilde.

— Elle le sera assurément, roucoula Génovéfa, une main sur l'avant-bras du chasseur.

Ce dernier adressa un sourire contrit à ses hôtes. Il abandonna la magicienne sensuelle pour rattraper Albrecht *in extremis*. Le jeune novice tanguait dangereusement vers l'arrière, menaçant de chuter à tout instant.

— Je crois qu'il nous faut nous retirer, annonça-t-il, Albrecht ne me semble pas en mesure de retrouver sa paillasse seul. N'ayez crainte, je vais me charger de lui.

— Oui, hoqueta le jeune homme d'une voix pâteuse, c'est mieux, car les murs bougent et le sol me paraît bien inégal.

Le chasseur lança un regard empreint de regret à Génovéfa qui lui répondit par une moue boudeuse. Suivis par un Otto hilare, ils regagnèrent leur chambrée aux pas hésitants du garçon.

Allongé depuis de longues minutes, Thomassin contemplait le plafond. Il ne parvenait pas à trouver le sommeil. Non que la couche soit dure, mais les ronflements sonores d'Albrecht qui emplissaient la pièce l'en empêchaient. Il distinguait tout de même au travers de cette musique épuisante le souffle régulier d'Otto et le son cristallin des gouttes de pluie qui s'écrasaient contre les tuiles du toit.

Il se retourna et rabattit la couverture de laine. Bien qu'il soit demeuré vigilant, le vin lui chauffait le corps et son crâne le faisait souffrir à nouveau. La tête tournée vers la porte, il allait sombrer quand une lueur singulière attira ses pupilles exercées. Sous le chambranle, un pâle rayon semblait se mouvoir dans le couloir. Il se redressa, les sens en alerte. Au travers du vacarme produit par le novice, il entendit un chuintement étrange, comme le frottement d'un tissu contre les lattes du parquet. Il se leva avec précaution, silencieux tel un chat dans les ombres, et colla son oreille contre le bois épais.

Il perçut alors autre chose, un souffle saccadé. Non. Des sanglots. Dans ce couloir, en pleine nuit, une personne gémissait de désespoir. Il retint sa respiration et se concentra mieux. Les plaintes étouffées reprirent. Il lui sembla que c'était une femme. Pouvait-il s'agir de Sarah ou de Génovéfa ? Si c'était le cas, pourquoi seraient-elles sorties pour pleurer dans les corridors ? Ce ne pouvait donc être que Dame Mechtilde, ou une servante, mais cela ne lui parut pas plus logique. Le frisson inhabituel se manifesta à nouveau, ses poils se dressèrent sur ses bras et il comprit que ce n'était pas une femme de chair et de sang qui poussait ces lamentations déchirantes. Il rabattit les manches de sa chainse et s'écarta de la porte pour saisir l'une de ses lames bénites. Il posa une main sur la poignée. Alors qu'il tournait lentement le loquet, Otto se matérialisa à ses côtés.

— Vous l'avez entendue, murmura-t-il. Ne vous mêlez pas de cela, Von Knochen. Laissez le comte se débrouiller avec ses fantômes.

— Trop tard... sourit-il, avant de s'élancer dans la coursive.

À sa grande surprise, elle était déserte. Une lampe à graisse brûlait encore dans une niche, répandant une lumière avare. Il se frotta les paupières, tendit l'oreille et avança prudemment vers le coude que formait le couloir. Le chuintement se fit entendre à nouveau. Il se dirigea à senestre, vers les appartements des maîtres de la demeure. Un air glacial envahit le corridor, la chair de poule couvrit ses membres. Il continua, sur la pointe des pieds, jusqu'à apercevoir, devant l'une des fenêtres, le visage tourné vers la nuit, une dame.

Thomassin devinait les pans de son bliaud brodé qui dégageaient une lueur verdâtre, fantomatique. Sa vêture, tout comme ce qui lui tenait lieu de corps, était vaporeuse et translucide, flottant au-dessus des dalles de pierres. Drnò abritait donc un spectre. Il fit un pas vers l'apparition, pointe de son épée en avant. Il allait commencer sa litanie lorsque cette dernière poussa un soupir si déchirant qu'il aurait tiré des larmes au plus endurci des routiers. Elle tourna la tête vers lui et lui révéla son visage blanchâtre. Deux yeux morts, laiteux, le contemplèrent depuis les limbes de l'au-delà, empreints d'une tristesse insondable.

Thomassin resserra sa prise sur la garde de son arme. D'un mouvement surnaturel, elle se déplaça dans sa direction, produisant le curieux chuintement qui l'avait sorti de son lit. Il retint son souffle, mais elle s'arrêta à quelques pas pour darder sur lui son regard blême. Le chasseur en profita pour la détailler plus avant. Malgré la peau tendue sur ses os blanchâtres et les lambeaux de linceul qui lui tenaient lieu de robe, il devinait qu'elle avait dû être fort belle, autrefois. Elle était l'image même de l'affliction, un chagrin tel se dégageait de sa silhouette qu'il envahissait la coursive d'une onde de désespoir. Il se demanda ce qu'elle avait bien pu faire pour mériter un tel sort. Peu importait. Désormais ombre de ce qu'elle fut jadis, il était de son devoir de la renvoyer d'où elle venait. Sans Albrecht, toutefois, la partie s'avérait ardue.

Il connaissait les versets de l'Apocalypse selon saint Jean, mais mal. Surtout, ses convictions chancelantes et les trop nombreux péchés commis rendaient inefficaces ses tentatives d'exorcismes. Il se lança néanmoins, la peur lui nouant les entrailles.

— *Amen !* commença-t-il d'une voix hésitante. *Voici, il vient avec les nuées. Et tout œil le verra, même ceux qui l'ont percé et toutes les tribus de la terre se lamenteront à cause de lui...*[13]

---

[13] Apocalypse selon Saint-Jean.

La dame livide recula légèrement, hochant la tête comme pour signifier qu'elle comprenait ce qu'il souhaitait faire. Elle leva deux bras squelettiques devant elle et son visage décharné, affichant une expression qui se voulait pacifique. Surpris, le chasseur cessa sa litanie, mais continua de brandir son fer, dont les inscriptions gravées luisaient dans le noir. Un mouvement derrière l'apparition attira son regard ambré. Dans un grincement sinistre, une porte s'ouvrit sur le comte Stefán. Il tenait un candélabre à hauteur de son visage d'une main tremblante.

— Oh non, non, non... Elle est là ! chuchota-t-il.

Il arborait une expression de terreur pure qui déformait ses traits aimables, et Thomassin comprit que c'était là ce que le châtelain leur avait dissimulé depuis leur arrivée. Il devait redouter que ses invités ne découvrent la présence de cet esprit tourmenteur. La duplicité des nobles ne cessait de l'écœurer. Il regarda la dame solitaire, drapée dans les restes de son suaire. Une malédiction, il n'y avait qu'une malédiction pour condamner une âme à cette errance éternelle entre les mondes des morts et des vivants. Il rangea sa lame.

— Vous ne nous aviez pas annoncé, cher comte, qu'une hôtesse de plus résidait au château !

L'intéressé baissa les yeux et ses joues se couvrirent d'une vive rougeur.

— C'est que... on ne peut prédire ses apparitions, j'estimais qu'elle nous laisserait en paix pour cette nuit, je m'excuse...

— Avec deux mages puissants, deux novices de l'Academia et un chasseur de spectres expérimenté à demeure ? L'occasion était trop belle ! Elle n'a de plus pas l'air surprise ni effrayée par notre présence.

— Je vous en conjure, la voix de Dame Mechtilde retentit dans la coursive. Vous devez nous en débarrasser ! Elle nous a assez tourmentés, chaque nuit que Dieu fait !

Ses longs cheveux d'un brun doré, cascadant sur ses épaules, elle se glissa dans le couloir où dansaient les ombres inquiétantes. Elle paraissait encore plus terrible que la dame blanche à cette heure, un éclat mauvais illuminant ses prunelles sombres.

Derrière le chasseur, des bruits de pas sonores retentirent tandis qu'Otto, vêtu d'une robe de chambre de soie écarlate, fit son apparition. Sa moustache frémit et il posa une main sur le bras de Thomassin.

— Ne vous avais-je pas dit de ne pas vous en mêler ? Cette tâche ne vous est pas dévolue.

— Pour une fois, je me range à votre avis. Le comte et son épousée nous ont dissimulé la présence de ce spectre, que nous devrions éradiquer comme nous le commande notre sacerdoce. Je ne sais pourquoi, mais quelque chose me retient de le faire.

Otto approuva du chef et reporta sur le châtelain son regard incandescent.

— Vos ancêtres ont dû bien mal se conduire pour que vous héritiez d'un tel fléau...

— Ne vous y trompez pas ! cracha Dame Mechtilde, c'est elle qui a trahi son père et sa famille ! Elle n'a aucun honneur !

À ces mots durs, la silhouette fantomatique trembla, les épaules affaissées, secouées de longs sanglots. Une plainte tragique sortit de ce qui lui tenait lieu de gorge, comme pour protester.

— Mon épouse dit vrai, avança le comte Stefán, c'est la fille de mon ancêtre, Adalbertus. Une jeune femme de qualité, une archère hors pair, d'une grande beauté, mais qui ne pouvait souffrir de voir son père pactiser avec les Moraves, qui nous assiégeaient. Il la promit à leur chef. Elle refusa de se plier à la volonté de ce dernier et grimpa sur les remparts nord. Armée de son seul arc, elle tira dans le camp ennemi, alors que mon ancêtre négociait. Pris d'une fureur légitime, il la rejoignit et lui enfonça son épée dans le corps, la transperçant de part en part. On dit qu'elle n'a même pas poussé un cri. Depuis, notre castel et notre famille sont maudits, chacune de ses apparitions est un présage, bon ou bien mauvais.

Thomassin siffla entre ses dents.

— Belle histoire, ma foi ! Il me semble cependant que cette demoiselle a tous les griefs possibles pour revenir vous hanter, vous et les vôtres. Otto a raison, cela ne nous regarde pas...

Il fit mine de ranger son épée au fourreau, quand Dame Mechtilde l'invectiva :

— Il est de votre ressort de venir à bout de toutes les créatures du chaos et celle-ci en est une ! Elle tourmente la famille de mon époux depuis des centaines d'années et jette sur nous opprobre et damnation ! Si vous ne vous exécutez pas, j'en référerai au Conclave et même à l'empereur !

La fureur déformait ses traits gracieux, elle dardait sur le chasseur et son acolyte un regard noir. Au coin de la coursive, Génovéfa surgit, attirée par les cris qui résonnaient dans le silence du castel. Elle contempla avec curiosité l'improbable tableau de la châtelaine courroucée, en cheveux, flanquée de son époux atterré, avant de reporter son attention sur l'apparition spectrale.

— Qu'est-ce donc que ce raffut ? Vous allez réveiller toute la maisonnée !

— Oh, trois fois rien, railla Thomassin. Nos hôtes sont maudits, mais n'ont pas daigné utile de nous en informer. Ils exigent désormais de nous que nous conjurions cette pauvre damnée !

Otto haussa les épaules.

— Peu me chaut, je vais regagner ma couche séance tenante.

— Il est tout de même difficile d'ignorer qu'un spectre hante ces couloirs, à présent... fit remarquer la mageresse.

— Je vous défends de nous quitter sans exorciser cette monstruosité ! criailla derechef Mechtilde, les cheveux défaits, le regard sombre. Vous devez vous en charger !

— Vous exigez beaucoup pour une dissimulatrice, lança Thomassin, votre attitude me déplaît. Débrouillez-vous.

Ils allaient regagner leurs chambres lorsque la dame blanche poussa à nouveau un profond soupir.

Son cri morbide déchira le voile des ténèbres, comme une ode à ses malheurs. Elle se dirigea vers le mur du fond avant de disparaître entre les pierres, ne laissant derrière elle qu'une fine brume.

— J'ai mal au crâne, geignit Albrecht avec une grimace en se tenant la tête.

Thomassin lui jeta un regard méprisant.

— Tu ne peux t'en prendre qu'à toi-même. On n'a pas idée de boire autant quand on n'en a pas l'habitude !

— Fais-moi tous les reproches que tu veux, souffla le novice, mais moins fort, s'il te plaît...

Un petit sourire éclaira le visage de Génovéfa, juchée sur son hongre à la robe grise. Elle prit le jeune homme en pitié et agita les doigts. Une fine brume verte ceignit le front couvert de sueur du garçon qui se sentit tout de suite apaisé. Il murmura un merci reconnaissant, jamais il n'aurait pu tenir la journée entière à cheval avec une telle migraine.

Tous patientaient dans l'air vif du matin dont l'humidité s'accrochait aux pierres. Ils attendaient qu'Otto daigne enfin les rejoindre pour quitter Drnò.

Les événements de la nuit précédente imprimaient leurs marques sur les visages fatigués. Le chasseur songea combien il avait espéré un sommeil réparateur, lorsqu'il avait aperçu, la veille, le grand donjon carré. Au moins, c'était clair : il ne possédait aucun talent pour les augures.

Enfin, le mage de feu dévala les quelques marches qui séparaient la porte du castel de l'immense cour et enfourcha sa monture. Derrière lui, le comte Stefán s'approcha pour les saluer. Dame Mechtilde, elle, dissimulait sa honte à la face de la petite compagnie dans ses appartements.

— Je vous... remercie de votre passage, déclara le seigneur des lieux d'une voix éteinte, et vous souhaite bonne route jusqu'à la capitale.

D'un geste sec, Thomassin le salua sans prononcer un seul mot et claqua de la langue pour faire avancer sa monture jusqu'à la poterne. Otto lui emboîta le pas sans même se préoccuper de rendre la politesse. Alors que Sarah et Albrecht suivaient le mouvement, Génovéfa demeura en arrière un instant.

— Je ne vous promets rien, mais j'enverrai un message au Conclave dès mon arrivée à Prague.

— Grand merci, gente magicienne, je sais que nous méritons notre sort, mais cette malédiction n'a que trop duré...

— Comme dit, je ne garantis pas que l'on vous accorde notre aide. Gardez espoir. La malédiction a bon dos, cessez de vous cacher derrière elle. Surtout, apaisez votre femme. Honorez-la convenablement, cela devrait adoucir son caractère. Ou tuez-la.

Sur ces paroles, elle quitta le castel sans se retourner.

Chapitre VIII

La cité impériale

Les toits de tuiles se découpèrent sur le ciel bleu, parsemés de clochers qui pointaient avec gloire vers le firmament. Suivant des yeux les méandres de la Vltava, Thomassin repéra l'imposant château qui la surplombait. La demeure du grand Karl, accrochée à son rocher, dominait de sa masse la capitale de tout l'Empire qui, coupée en deux par la rivière, s'étalait paresseusement sur ses rives poissonneuses. De lourds échafaudages de bois hérissaient la cité comme l'épine dorsale d'une vouivre. Elle se transformait, jour après jour, seule volonté d'un homme : l'empereur.

La compagnie s'avança vers l'enceinte monumentale qui entourait la ville nouvelle, achevée l'année précédente, trouée de quatre portes massives qui menaient à une enfilade de vastes places, dédiées aux commerces et artisans. Ils ne tardèrent pas à se retrouver au cœur d'un attroupement qui se pressait sous les murailles. Des sentinelles, en livrée impériale et armées de longues lances dont le métal luisait dans le petit matin, opéraient un tri rigoureux des voyageurs. Ceux qui se voyaient refoulés devaient subir une période de quarantaine pour espérer atteindre le centre-ville. Les élus demeuraient rares. Devant la pestilence qui rongeait les membres de l'Europe, Karl avait décidé de protéger sa cité par des mesures drastiques.

Forcés de mettre pied à terre, les cinq cavaliers louvoyè-rent entre les abris de toile dressés hâtivement et les char-rois abandonnés dont le contenu pourrissait. Les sil-houettes résignées de serfs et de marchands espéraient un signe de leur roi qui les délivrerait de ce simulacre de pur-gatoire.

Les deux mages prirent la tête du groupe, leurs fibules brillantes accrochées à leur poitrine. La face mangée d'une épaisse barbe noire, un sergent les toisa de haut en bas. Il analysait leur vêture, leur attitude et jusqu'à leurs yeux, afin de deviner si ces derniers étaient bien ce qu'ils prétendaient être.

Génovéfa lui offrit son plus charmant sourire, celui qui creusait d'irrésistibles fossettes au coin de ses joues, mais cela ne ralentit pas l'examen du garde.

— Nom ? réclama-t-il.

Il scrutait le visage d'Otto avec intensité, comme si les mensonges et les péchés du sorcier pouvaient s'y lire tel un manuscrit.

— Otto, déclara ce dernier d'un ton peu amène, auriez-vous l'amabilité de vous éloigner légèrement ? Votre ha-leine est une véritable infection...

L'autre haussa les épaules et prit un malin plaisir à lui souffler au nez tout en ricanant.

— Not' bon roi, gloire à lui et paix sur *Praha*, prend soin de ses sujets. C'est lui qui nous a conseillé de mâcher des gousses d'ail sans relâche. Ses médecins assurent que ça éloigne la pestilence. En tout cas, ça nous débarrasse vite des arrogants !

Le magicien recula et fronça le nez. Thomassin décida de prendre les choses en main avant que tout ne tourne au fiasco. Ils n'avaient pas chevauché tant de lieues pour se retrouver contraints de patienter tels des paysans.

— Mon ami, commença ce dernier, je me nomme Tho-massin Von Knochen, nous arrivons du Conclave de

Fribourg. L'empereur lui-même nous a convoqués dans sa glorieuse cité.

Génovéfa en profita pour extirper de sous son mantel un rouleau de parchemin orné d'un imposant sceau en navette. Elle le tendit au gardien zélé pour qu'il l'examine. Sa mine suspicieuse se détendit quelque peu devant la marque de cire et il reporta son attention sur le chasseur.

— Toujours plus agréable de discuter avec des personnes de qualité. Vous allez passer par la poterne, un par un. Vous vous arrêterez juste avant la grille. Là, un médecin va vous examiner et vous posera des questions.

— Êtes-vous borné, en plus de posséder une hygiène douteuse ? lança Otto. Nous sommes en mission pour le Conclave et sur ordre du grand Karl lui-même. Nous ne pouvons nous permettre de perdre du temps en vaines palabres.

— Par la grâce de Son Altesse Impériale, c'est moi qui décide qui franchit la porte et qui reste derrière. Peu importe qui vous êtes, d'où vous venez et quel est le con qui vous a chié. Si j'estime sur ma foi que vous ne pouvez pas entrer, vous n'entrerez pas.

Les pupilles d'Otto se mirent à rougeoyer, mais Thomassin se posta entre les deux hommes.

— Nous nous plierons volontiers à cette procédure et ne créerons aucun problème. Je m'en porte garant.

Il asséna une bourrade au sorcier, lui enjoignant d'un regard de se taire et d'obtempérer. Ce dernier rechigna, mais finit par se placer entre lui et Albrecht. Génovéfa ferma la marche pour s'assurer qu'il ne cherche pas à échapper à l'examen. Ils s'avancèrent alors sous l'immense voûte et franchirent une première grille, qui claqua derrière eux. Au-dessus, dissimulées dans la tour, des paires d'yeux inquisiteurs les scrutaient sans vergogne afin de déceler la moindre toux suspecte. Ils passèrent une seconde porte de bois aux gonds démesurés, avant de se retrouver à nouveau le nez contre des barreaux de métal épais.

Ils commençaient à désespérer de pouvoir franchir cette ultime barrière dans la journée, lorsqu'un homme râblé et armé d'un long bâton apparut de l'autre côté. Vêtu d'une ample robe sombre, il portait un curieux masque de tissu sur le bas du visage, que Thomassin devina imbibé de vin aigre aux herbes aromatiques. Il ressemblait à celui dont Arnaud usait lorsqu'il se portait au-devant de ses patients. Le medicus était enfin arrivé, il allait rendre sa sentence. Le petit homme pointa sa canne sur Albrecht et le novice s'avança, la tête baissée dans une attitude humble.

— Lève donc le menton, lui demanda-t-il d'un ton sec, plus haut. Bien. Défais un peu ta chainse, montre-moi ta gorge.

Il demeura à une distance raisonnable et le guida à l'aide de son morceau de bois. Il examinait de ses yeux de rapace le moindre centimètre carré de peau visible.

— Lève les bras à présent, lui ordonna-t-il, alors qu'il tâtait ses aisselles avec le bâton. Tes mains, ôte donc tes mitaines. Tends-les à travers les barreaux et ne bouge plus.

Le garçon s'exécuta, surpris par les directives assénées d'un ton péremptoire.

— Hum. Recule. Toi, dit-il en montrant Sarah, approche.

Il procéda ainsi avec chacun d'entre eux, avant de disparaître à nouveau sans un mot.

— Ces simagrées vont-elles durer encore longtemps ? pesta Otto. Comme si nous n'avions que cela à faire !

— Si la ville de l'empereur demeure assez exempte de pestilence, c'est sans doute grâce à ces mesures draconiennes, commenta Thomassin d'un air résigné.

— Vous savez comme moi que rien ne garantit que nous soyons sains. L'absence de symptômes n'est même pas une assurance convenable, commenta le mage, fulminant.

— En effet, seuls les confinements et les quarantaines ont montré quelque efficacité jusqu'à présent. Si vous souhaitez le leur dire, libre à vous, lui indiqua le chasseur. Vous

vous retrouverez bien vite à attendre sous les murs avec les autres. Ce qui ne me déplairait pas plus que cela...

Le magicien se renfrogna et prit son mal en patience. Le disciple d'Hippocrate revint alors que le soir tombait. Il recommença son manège et termina son examen par Thomassin. Le chasseur relevait le bas de son écharpe sur son visage lorsqu'il se rapprocha de lui.

— Vous êtes maître Von Knochen, n'est-ce pas ? lui murmura-t-il.

Ce dernier acquiesça sans mot dire.

— Fort bien, vous êtes aisé à reconnaître.

Il allait répliquer, mais le médecin recula vivement. Il leva une main en direction des gardiens.

— Ouvrez, ils peuvent entrer. Puis il s'adressa directement à eux : rendez-vous au guet de Sainte-Judith au bas de l'ancien pont écroulé. Traversez la Vltava et dirigez-vous à travers la cité tout droit vers le *hrad*[14]. On vous y attend. Ne lambinez pas, évitez les quartiers de la basse ville. Ils sont condamnés en ce moment, un foyer de pestilence y sévit. Si vous y mettez les pieds, on ne pourra plus rien pour vous !

Alors que les grilles se levaient dans un grincement sinistre, il leur jeta un regard qui se voulait le plus dissuasif possible avant de disparaître derrière les murs de pierre. Le sergent qui les avait accueillis s'avança à son tour et tendit une main avide en direction du limier. Ce dernier comprit la manœuvre. Il y glissa une pièce d'argent. Satisfait, l'homme les observa s'éloigner, l'écu tournant entre ses doigts épais.

Un calme étrange régnait alors qu'ils traversaient les rues de la nouvelle cité qui s'étalait derrière les remparts. Malgré la douceur de la fin d'après-midi, ils croisèrent peu d'habitants au seuil des foyers. Quelques femmes se livrèrent à des imprécations magiques en leur direction, censées

---

[14] Château en tchèque.

conjurer mauvais sort et maladie. Ils obliquèrent vers les rives du fleuve impétueux que les pluies automnales en avaient grossi le lit, sans toutefois atteindre les niveaux des inondations de 1342, qui avaient englouti les bas quartiers et emporté l'unique pont. Des barques à fond plat et les filets de pêche encombraient les abords de la rivière, dont l'eau sombre tumultuait autour des îles et îlots. Ils aperçurent enfin une barge maintenue par une épaisse corde de plusieurs coudées accrochées à de massifs poteaux plantés à intervalles réguliers dans l'eau. Le tracé suivait les anciennes piles du pont, dont seuls les vestiges dépassaient du fleuve.

— Voici le bac que nous cherchons, commenta Thomassin, voyez-vous le bateleur ?

Ils se mirent à scruter le bord de la rive jusqu'à ce qu'un vieillard chenu émerge d'une pauvre guérite de bois mal joint.

— Holà, l'homme, le héla le chasseur, combien pour la traversée ?

L'ancêtre frotta ses paumes ridées l'une contre l'autre et ouvrit une bouche édentée.

— C'est un florin d'argent chacun.

— Peste ! railla Otto. Pour ce prix-là, j'espère que tu offres le vin et les figues fraîches durant le trajet !

Il lui adressa un large sourire.

— Si le prix ne convient pas à son éminence, son éminence peut toujours tenter le pont de barques, plus loin. Mais il lui faudra parcourir plusieurs rues gangrenées par la pestilence, et, à cette heure, les cadavres s'entassent encore sous les porches. Ou alors passer par Josefov, le quartier des juifs. C'est comme son éminence veut...

Le magicien cracha ostensiblement par terre tandis que le vieux ne cessait de sourire. Thomassin lui tendit l'argent sans protester.

— Voilà ton dû, nautonier. Fais-nous donc traverser promptement, nous avons assez perdu de temps comme cela.

Ils montèrent chacun leur tour dans la vaste embarcation et prirent place sur les bancs de bois. Albrecht saisit la main de Sarah alors qu'elle s'attardait un peu plus sur la rive boueuse, les pupilles rivées vers les toits des habitations.

— Viens-tu ? lui demanda-t-il.

— Oui, j'arrive, lui répondit-elle d'un air absent.

— Qu'y a-t-il ?

Elle s'assit à côté de lui et planta ses yeux noirs dans les siens.

— Tu as entendu, comme moi, murmura-t-elle, il y a un faubourg occupé par mon peuple sur cette rive de la Vltava ! Si seulement nous pouvions nous y rendre...

— J'ai surtout entendu que des secteurs de ce côté sont touchés par la peste et qu'il nous est défendu d'y aller sous peine de se faire expulser de la ville, voire pire... Pourquoi voudrais-tu t'y risquer ?

— Il nous faut trouver un moyen d'avancer dans la traduction du manuscrit de Conquête. Si je reconnais l'araméen, j'en ai bien peu de notions. Nos érudits et nos rabbis sont de fins linguistes. Je suis persuadée qu'il y a aussi des kabbalistes ici ! Ils pourraient nous aider à transcrire en langue vernaculaire ou en hébreu les ultimes chapitres qui nous manquent et ainsi nous ferions de gros progrès !

— Je comprends ton enthousiasme, lui assura Albrecht, mais nous sommes coincés pour l'instant. On nous attend au château, si nous ne nous y montrons pas, l'empereur le prendra fort mal. Tout ce que nous gagnerons, c'est de croupir quelque temps dans les geôles...

La jeune fille esquissa une moue contrariée alors que la barge s'éloignait sur les eaux mouvantes. Elle tentait de deviner, perdue parmi les façades de pierre et les clochers des églises, la silhouette d'une synagogue.

— Il y a sûrement des érudits au *hrad*. Il paraît que Charles lui-même est féru de sciences occultes et d'astronomie. Nous pourrons peut-être trouver de l'aide facilement, il ne faut pas baisser les bras.

— On nous posera trop de questions, se lamenta-t-elle, et alors, nous n'aurons d'autre choix que de dévoiler tout le manuscrit.

Il tapota sa main pour la réconforter et elle lui rendit son étreinte furtive, bien que son cœur ne puisse s'empêcher de se serrer à la pensée des siens si proches et pourtant si loin.

Depuis l'abri de leur dortoir, Thomassin contemplait la vaste cour pavée du château de Prague. On leur avait assigné de charmants quartiers, dans une aile qui jouxtait le palais royal. Les tours massives de la cathédrale Saint-Guy, Saint-Venceslas et Saint-Adalbert élevaient leurs dentelles de pierre dans le ciel de la cité. Le soleil couchant éclaboussait d'or et de feu l'immense rosace, admirable travail du maître Mathieu d'Arras. Le limier hocha la tête. Le grand Karl savait indéniablement s'entourer. Nul ne pouvait mettre en doute la puissance et la magnificence du Saint Empire en découvrant les merveilleux monuments qui ornaient la ville. Il se murmurait qu'un nouveau pont sur la Vltava serait bientôt construit. L'empereur attendait une bonne configuration des astres.

Astrologues, apothicaires, mages et devins se pressaient à la cour et Karl, lui-même féru d'occultisme, leur accordait une écoute attentive. Thomassin se retourna pour contempler ses compagnons de fortune, tous réunis dans l'immense chambrée. Un parfait exemple de ce que l'Empire pouvait produire de plus proche du mystique : deux sorciers, un érudit exorciste, une kabbaliste prometteuse. Seul lui, le simple chasseur, le moins doué d'entre eux, détonnait dans ce bel ensemble.

Il se dirigea vers sa couche, lovée non loin de la cheminée monumentale qui occupait tout un pan de mur clair. Sous les voûtes élégantes, de massifs braseros répandaient une douce chaleur dans la pièce. Il s'assit sur la paillasse, couverte de lourdes fourrures. Il allait mourir de chaud dans la nuit, c'était certain. Sauf à dormir nu…

Comme si elle avait entendu ses pensées, Génovéfa se matérialisa à ses côtés.

— C'est agréable de se retrouver tous dans le même dortoir. Cela permet de resserrer les liens, n'est-ce pas ?

Elle désigna du menton Albrecht et Sarah, en grande conversation devant le feu ronflant, assis à même le sol sur les épais tapis qui recouvraient les dalles. Ils se tenaient la main sans aucune gêne, échangeant de longs regards entendus.

— J'imagine. Enfin, ces deux-là ont passé presque un an isolés, sans pouvoir se voir ou se parler. Il est normal qu'ils soient heureux de se retrouver.

— Savez-vous de quoi ils peuvent s'entretenir ainsi ?

Thomassin en avait plutôt une bonne idée. Il se doutait qu'au milieu des mots tendres, les jeunes gens échangeaient surtout sur les feuillets du manuscrit subtilisé au strige. Il se demanda ce que savait la magicienne à ce sujet. Il se tourna vers elle et planta son regard dans ses prunelles vertes.

— Le Conclave vous a-t-il précisé pourquoi c'est nous qu'ils ont choisis ?

La jeune femme cilla, décontenancée par la question.

— Eh bien, non. Enfin, pas complètement. Les desseins de nos supérieurs ne nous sont pas toujours dévoilés, vous savez. Nous découvrons souvent les choses lorsque nous sommes mis devant le fait accompli.

— Vous êtes pourtant les seuls mages en activité, les plus puissants du Saint Empire, insista-t-il, dubitatif. Ce ne sont pas ces vieux croulants du conseil qui vont vous remplacer sur le terrain. Pourquoi tant de dissimulation ?

Il repensa à l'étrange réunion qui avait précédé leur départ et surtout à la dame sans âge qui présidait aux destinées du monde magique. Elle seule paraissait conserver ses facultés, au regard des trois autres vieillards fourbus.

— En ne nous dévoilant que ce qu'il nous est utile de savoir, le secret de nos missions est préservé. Si jamais nous tombons entre des mains ennemies, nous ne pourrons pas tout révéler. C'est mieux ainsi.

— Le Conclave a donc des ennemis ?

Elle éclata d'un petit rire clair.

— Mais oui ! Vous n'avez pas l'air de vous en rendre compte, mais le peuple ne nous souffre pas, ces derniers temps. L'influence grandissante de certains pères de l'Église tend à nous désigner comme bouc émissaire de nombreux désastres. Nos capacités extraordinaires ne nous sauvent pas toujours la mise, elles auraient même plutôt tendance à nous ranger dans la catégorie des créatures diaboliques, ou tout au moins néfastes. J'ai entendu des prêches virulents contre les mages et le Conclave, nous accusant de répandre nous-mêmes la pestilence pour asservir le monde, d'être des impies et des rejetons du démon. La magie peut faire peur à ceux qui ne la comprennent pas. Si de plus, dans les ombres, d'autres puissances tirent les ficelles, notre sort sera vite scellé. Croyez-moi, nombreux sont ceux qui voudraient nous voir jetés à bas, nos têtes au bout de piques et nos corps brulés sur les bûchers pour hérésie !

— À trop dissimuler de vérités au peuple, ce dernier finit par se forger la sienne propre. Surtout s'il y est encouragé par ceux qui le gouvernent. Heureusement, vous disposez de la confiance de l'empereur, ce n'est pas rien.

Cette fois, le rire de Génovéfa se fit amer.

— Pour autant que nous servions ses desseins, oui. Le Conclave noue des alliances changeantes, que nous sommes forcés de suivre. Si Karl comprend que Ses Sagesses, malgré ses dons et son appui, ont des allégeances fluctuantes, voire pratiquent un jeu diplomatique trouble, il se détournera bien vite de nous.

Thomassin n'avait pas vu les choses sous cet angle, car pour lui, Conclave et Saint Empire étaient les doigts d'une même main qui étranglait les serfs et le peuple. Il contempla les cartes qu'il détenait avec un œil neuf. L'empressement de ces vieux renards à les envoyer à la capitale en personne, alors qu'il était à peine remis, lui apparaissait désormais comme un gage offert à l'empire. En dépêchant une telle compagnie, ils le rassuraient quant à leur volonté de le servir.

Il allait faire part de ses pensées à la belle magicienne lorsque la porte s'ouvrit brusquement. Un homme de haute stature à la moustache fière et grisonnante fit irruption sous les voûtes de pierre. Il était encadré de pages qui croulaient sous des monceaux de tissus.

— Au nom de Son Altesse Impériale, Karl IV de Luxembourg, roi de Bohème, empereur des Romains, je vous salue et vous souhaite la bienvenue au château. Je me nomme Jobst et je suis l'intendant de Son Altesse pour toutes les questions d'ordres magiques et mystiques. Son Altesse vous fait savoir qu'elle est très prise et ne pourra malheureusement pas vous recevoir en audience particulière. Cela la peine. Aussi vous convie-t-elle à partager son souper avec ses plus hauts dignitaires.

Ils se regardèrent tous tandis que l'intendant de l'empereur leur adressait une révérence raide. Il adressa un signe aux pages, qui se délestèrent des ballots de vêtements sur leurs couches respectives.

Passé la stupeur de cette annonce, Otto se porta au-devant de Jobst.

— C'est très aimable à elle de nous inviter à un festin, qui, j'en suis persuadé, sera un enchantement. Je me dois tout de même de rappeler que nous sommes investis d'une mission et devons recevoir des indications de la part de Son Altesse. Pardonnez mon insistance, mais un banquet ne me paraît pas l'endroit approprié pour de tels échanges.

— Son Altesse est au fait de cela. Elle m'a expressément demandé de vous remettre ceci.

Il tendit au mage un rouleau de parchemin épais, fermé d'un sceau de cire écarlate.

— Cette missive devrait vous éclairer. Pour les détails, veuillez voir avec moi et personne d'autre.

Otto fronça les sourcils et s'empara de la lettre.

— Je me permets de réitérer, dit-il d'un ton plus cassant, il est indispensable que nous obtenions audience auprès de Son Altesse Impériale.

Jobst se rapprocha du mage jusqu'à le frôler. Il le toisait de son regard froid, qui n'admettait aucune contestation. Pour la seconde fois de sa vie, Thomassin vit Otto reculer. Seule Génovéfa avait réussi ce tour de force jusqu'à présent.

— L'empereur me commande et parle par ma bouche. Il vous verra au souper. Maintenant, je vais vous laisser vous vêtir et vous prie de bien vouloir vous tenir prêts. On viendra vous chercher si tôt que les cloches de la cathédrale sonneront complies. Ce sera tout.

Il frappa dans ses mains et les serviteurs se réunirent près de la porte avant de quitter la pièce dans un ensemble quasi militaire. Au moment de refermer celle-ci, Jobst coula un long regard vers le chasseur et ce dernier n'aurait su dire s'il y lisait une admiration non feinte ou, au contraire, une profonde hostilité. Sitôt l'intendant disparu, Otto se mit à marmonner.

— C'était bien la peine de parcourir tant de lieues en pleine pestilence, de dormir à la belle étoile et dans des châteaux hantés pour être éconduits de la sorte ! C'est inadmissible, pour qui nous prennent-ils ?

— N'hésitez pas à porter votre plainte auprès de ce Jobst, se moqua le limier, je suis sûr qu'il se fera un plaisir de la rouler en boule et de la jeter dans le premier brasero venu !

— Vous ne me ferez pas croire que cela ne vous exaspère pas ?

— Si, déclara Thomassin, mais j'ai décidé que je m'en contrefichais. Ouvrez donc la missive et découvrons ce que l'empereur nous veut. Plus vite nous partirons, mieux je m'en trouverai.

Le mage décacheta le parchemin en marmonnant et tous s'agglutinèrent autour de lui pour lire par-dessus ses épaules. D'une écriture fine et déliée, l'empereur les remerciait de s'être rendus à son appel. Il leur demandait de descendre plus au sud de la Bohème, vers les premiers contreforts des Carpates blanches. Là, ils devaient atteindre un château, propriété de la famille d'un margrave d'importance, rattachée, par lointain cousinage, à la couronne de Luxembourg. C'était à cet endroit que des troubles se faisaient jour, sous le couvert de plusieurs meurtres atroces. Il leur commandait de régler, sous n'importe quel moyen, cette affaire. Rien de plus. Seul le nom de la famille était mentionné : Roztemberg.

— Ce nom parle-t-il à quelqu'un ? interrogea Albrecht.

Les autres secouèrent la tête en signe de dénégation. Il précisait aussi que l'intendant répondrait à toutes les demandes d'ordre pratique, leur fournirait des chevaux frais et une pleine bourse de florins pour leur voyage. Ils seraient amplement dédommagés à leur retour, que l'empereur souhaitait prompt.

— C'est une vaste mascarade... murmura Otto. Comment savoir à quoi nous en tenir avec si peu de renseignements ?

— Il mentionne à peine les meurtres, constata Thomassin, c'est en effet fort maigre.

— On nous maintient dans l'ignorance pour ne pas semer la panique chez les braves gens, peut-être ? suggéra Sarah. Ils sont déjà bouleversés par la pestilence, il n'est peut-être pas bon de rajouter à leur peine.

— Combien de temps mettrons-nous pour atteindre les Carpates blanches ? demanda Génovéfa. Je n'ai qu'une vague idée d'où cela se situe...

— De Prague, je dirais quatre ou cinq jours en forçant les chevaux. C'est aux frontières de l'empire, dans les montagnes à l'est, précisa Otto.

Ils contemplèrent un moment encore les courbes élégantes qui s'étalaient sur la missive, avant de comprendre qu'ils ne tireraient rien de plus de ce bout de papier.

D'aussi loin qu'il se souvenait, Thomassin n'avait jamais vu un homme s'ennuyer plus que l'empereur des Romains à son propre banquet. Ni la pièce de rôt, un magnifique cygne farci dont on avait remonté les plumes ni les ballades et *serena*[15] des troubadours qui résonnaient sous les splendides arcs en plein cintre de la grande salle d'apparat ne semblaient trouver grâce à ses yeux.

Il secouait mollement la main, répondait vaguement à ceux qui le sollicitaient. Un air las marquait ses traits altiers. Son visage, beau et robuste, mangé par une barbe drue, reflétait une langueur toute royale. Le chasseur n'avait pas tardé à deviner que l'empereur était accablé de fatigue et que, tout comme lui, cette débauche de plats, de gens et de bruits l'incommodait plus qu'autre chose. Quelque part, cela le rassérénait : les festivités tourneraient court. Il pourrait regagner la chambre pour jouir d'un repos mérité. Entre deux accompagnements, légumes ou brouets, Otto se démenait pour attirer l'attention du souverain. Il se faisait damer le pion à chaque fois par le chambellan de ceci, l'envoyé de cela, l'émissaire de Pannonie... Sa patience, déjà fort courte, menaçait de s'éteindre tout à fait. Thomassin et Génovéfa s'adressèrent un regard lorsque les pupilles

---

[15] Genre typique de chansons en vers élaborées par les troubadours, dans lesquelles l'amant, un chevalier, se languit de sa belle et patiente jusqu'au soir pour l'apercevoir.

du mage devinrent écarlates à la vue d'un énième courtisan qui lui passait devant. Il n'y aurait pas que le cygne qui serait rôti si ce manège continuait !

Ce fut le moment que choisit Karl pour repousser son tranchoir avec nonchalance, s'essuyer le coin de la bouche à l'aide de la nappe et jeter le pain bis à terre. Plusieurs petits chiens à poil long se ruèrent sur la mie imbibée de jus, se disputant les morceaux avec force aboiements aigus. Le chasseur suivit des yeux l'empereur qui se retirait, alors que la fête continuait à battre son plein. Il en profita pour se lever lui aussi avec discrétion.

— Où comptez-vous aller comme ça ? le retint Géno-véfa.

— Comme Son Altesse, je préfère retourner dans ma chambre et bénéficier d'une bonne nuit de sommeil.

— Ne voulez-vous pas attendre encore un peu que nous regagnions tous ensemble notre dortoir ?

Il lui adressa le sourire le plus tendre que sa cicatrice hideuse lui permettait d'articuler.

— Si nous étions seuls, vous et moi, je vous aurais exhor-tée à me rejoindre sur-le-champ, pour vous montrer toute ma reconnaissance dans le creux d'une alcôve isolée, lui susurra-t-il d'une voix douce. Il semble, à mon immense regret, que nous devions patienter encore un peu. Mais ne dit-on pas que plus l'attente est longue, meilleure sera la récompense ?

Il baisa sa main avec une infinie délicatesse. Secouée de frissons délicieux, la mageresse demeura interdite, les joues rosies par tant de charme.

— Je compte sur vous pour surveiller nos tourtereaux. Et Otto. L'empereur n'apprécierait pas que son château prenne feu inopinément.

Il lui adressa un clin d'œil complice et profita de l'arri-vée de jongleurs pour disparaître derrière les tentures.

Les premières coursives grouillaient d'activités, servi-teurs et nobles s'y croisaient dans une danse étrange, sans jamais se frôler ou se côtoyer. Deux mondes vivaient côte à côte, mais s'ignoraient. Il haussa les épaules et emprunta un large escalier à vis pour gagner l'étage où se trouvait la galerie qui menait à leur aile. Alors qu'il allait s'y engager, un jeune page apparut devant lui comme s'il sortait du mur. Il s'inclina, une main posée sur le cœur.

— Maître Von Knochen ? Je vous invite à me suivre, si vous voulez bien.

Le chausseur jeta des coups d'œil autour de lui. Le couloir semblait désert, hormis le petit domestique, mais une lueur attira son attention. Un reflet métallique effleura sa pupille, l'éclat des torchères se réverbérait sur l'acier d'une lame dissimulée dans les ombres dansantes. L'invitation ressemblait fort à une convocation. Mieux valait s'y plier pour conserver la vie. Il acquiesça et suivit le jeune garçon, qui ne devait pas avoir plus de dix ans. Il flottait dans sa livrée impériale mal ajustée, tranchant avec l'air solennel de son visage enfantin. Il souleva le coin d'une tapisserie sur laquelle figurait une belle illustration de chasse au vol et Thomassin découvrit une porte encastrée dans la cloison.

— Attention à votre tête, Maître, précisa le garçon, le plafond est fort bas par ici.

La curiosité chevillée à ses tripes, il lui emboîta le pas. Une sorte de conduit de pierre lisse sinuait derrière les enfilades de couloirs du castel. Des passages secrets. Il n'y avait pas songé alors que c'était pourtant une chose courante. La pensée l'effleura que leur chambre en possédait peut-être un, et qu'ils étaient sous surveillance depuis leur arrivée à Prague. Le jeune page s'arrêta soudain devant une nouvelle ouverture close d'une porte de bois. Il frappa, trois coups secs, deux coups plus sourds. Une voix de stentor lui répondit.

— Entre !

Dans une pièce exiguë, meublée d'une écritoire, de laquelle débordaient une quantité impressionnante de rouleaux de parchemins, et de faudesteuils garnis de coussins de soie, Thomassin découvrit la figure noble de Karl IV. L'empereur se tenait dans la lumière chaleureuse dispensée par des cierges plantés sur des chandelis[16] de bronze, dont les pieds ouvragés s'ornaient de lions et d'aigles, symboles des apôtres Marc et Luc. Il le toisa de toute sa hauteur, caressa sa barbe en pointe et s'approcha. Une fine couronne d'or ceignait son front, mais c'était son mantel, de pourpre et de fourrure, qui le désignait comme l'empereur des Romains.

La force qui se dégageait du souverain, clouait Thomassin sur place. Il se tenait, lui, l'humble chasseur de spectres, seul devant le personnage le plus puissant de toute l'Europe. Le contraste était saisissant. Quelques instants auparavant, dans la grande salle d'apparat, ils étaient aussi éloignés l'un de l'autre que deux montagnes dans le lointain. Un fort sentiment de défiance s'empara de tout son être. Si le souverain le convoquait, ce n'était sûrement pas pour rien. Jamais l'empereur ne vous mandait gratuitement. Il se pencha en une profonde révérence, ne sachant que faire.

— Merci de votre venue, Maître Von Knochen. On m'a beaucoup parlé de vous, de vos talents.

Le limier bredouilla un remerciement, l'angoisse figeait encore ses mots dans sa gorge.

— On m'a rapporté que vous avez récemment occis un basilic en combat singulier. Est-ce vrai ?

— C'est vrai, Votre Altesse. Nous devions débarrasser la bonne ville de Tonnerre de cette engeance qui tourmentait ses habitants.

— Ce dut être un spectacle incroyable, auquel j'aurais aimé assister.

— Incroyable, certes, mais dangereux. J'ai failli du reste y laisser la vie. J'imagine cependant que vous ne m'avez pas convié pour me demander de vous narrer mes aventures.

---

[16] Grand chandelier sur pied.

— Bien, bien. Je constate que, tout comme moi, vous n'appréciez pas les détours. Ce n'est pas pour entendre vos récits épiques que je vous ai invité à me rejoindre de façon, je l'admets, un peu cavalière. J'espère que vous me le pardonnerez.

Thomassin hocha la tête, il n'était pas en position de refuser sa clémence à l'empereur. La curiosité le dévorait de plus en plus, et il se retint de presser les révélations du grand Karl.

— Vous avez, je suppose, pris connaissance de la missive qui vous commande de vous rendre auprès des Roztemberg. Je veux vous assurer de mon complet soutien. Aussi, c'est à vous et vous seul, que je vais confier un détail important. Le fief des Roztemberg est le théâtre d'événements qui, d'après mon astrologue, sont de très mauvais augure.

— Puis-je prier Votre Altesse Impériale de me donner plus d'éclaircissements ? J'ai cru comprendre que des morts soudaines et non naturelles y survenaient.

— Précisément. Des meurtres d'une grande barbarie. Les cadavres sont découverts atrocement mutilés. Il leur manque un membre, parfois la tête. Les entrailles en sont retirées, étalées à leur côté sur la mousse. Parfois... On ne retrouve rien. Qu'une mare de sang vermeil.

Thomassin frotta sa cicatrice. Les fourmillements envahirent sa mâchoire, en une sensation qu'il ne connaissait que trop bien. L'ombre fugace du strigoï surgit dans son esprit en un présage funeste.

— A-t-on aussi retrouvé des cadavres intacts ? Vous a-t-on rapporté que certains, même après leur inhumation, se levaient de leur tombe ?

— Pas à ma connaissance. Pas encore.

Le chasseur tiqua à cette affirmation. Se pouvait-il que Karl soit au fait des agissements de Conquête ? De l'existence des revenants ? Il en était persuadé, seuls les mages étaient informés des atrocités survenues à Herzee-le-Haut, puisqu'ils en avaient été les seuls témoins, avec Otto. Le visage du prêtre du village apparut fugacement dans son esprit. Lui aussi, savait. Avait-il monnayé ses dires auprès des agents de l'empereur ? Le Conclave et l'Empire semblaient mener une guerre silencieuse, une guerre d'informations, où celui qui saurait plus de choses que l'autre gagnerait à coup sûr. Thomassin n'avait aucune intention de jouer le fantassin dans ce conflit qui ne disait pas son nom, bien qu'il soit juste un pion pour ces êtres qui se considéraient comme supérieurs. Il semblait pourtant qu'il n'avait pas le choix, il allait devoir choisir son camp.

— Qu'attendez-vous de moi ? demanda-t-il abruptement.

— Les Roztemberg sont une vieille famille de Bohème qui compte beaucoup pour moi. Ils sont, par cousinage, affiliés à la couronne. Leur fils, si Dieu lui prête vie, fera un parfait margrave. J'ai besoin qu'ils continuent de régner sur la contrée. Et surtout, redevables. J'insiste sur ce point, leur hommage[17] doit être prochainement renouvelé. Faites la lumière sur ces meurtres, maître Von Knochen, éradiquez la créature ténébreuse qui se cache derrière et, s'il s'agit encore de ce revenant que vous avez combattu dans le Sundgau, soyez sans pitié. Vous avez mon entier soutien.

Thomassin attendit la suite, mais le grand Karl se contenta de le regarder. Il poussa alors son avantage, puisqu'il avait besoin de lui. Comme avec le Conclave, il décida de jouer le tout pour le tout.

— Nous savons peu de choses sur ce strigoï. Pour lutter contre lui, il nous faut votre secours.

— Que voulez-vous ?

— Nous avons remarqué lors de notre précédent combat que les reliques recèlent un pouvoir à même de vaincre ces revenants. Une de ces dernières, extrêmement

---

[17] On parle ici d'hommage lige.

puissante, devrait faciliter notre guerre contre cette engeance démoniaque.

— Vous vous êtes déjà fait votre idée, n'est-ce pas ? Alors, ne me déguisez rien. Demandez.

— Confiez-moi le fragment de la vraie croix.

Un silence de plomb accueillit cette déclaration fracassante. Thomassin l'aurait juré, la face impassible de l'empereur s'affaissa un bref instant. Ce dernier cependant se reprit vite.

— Accordé. Autre chose ?

Le chasseur se garda d'afficher un sourire triomphant.

— Votre bénédiction. Et celle de l'évêque, pour mes lames, ainsi qu'un accès illimité à votre bibliothèque pour mes amis Albrecht et Sarah, chaque fois que nous séjournons ici. Il se peut qu'ils découvrent dans cette dernière des réponses à nos interrogations.

— Elle est ouverte à tous mes hôtes, quels qu'ils soient, balaya-t-il d'un geste dédaigneux.

— Pas celle dont je parle...

Karl fronça les sourcils et comprit où le limier voulait en venir.

— Fort bien. Ils pourront s'y rendre, mais sous la surveillance de l'un de mes astrologues les plus proches. Pour les guider.

— Cela va de soi. Merci, Votre Altesse Impériale. Nous quitterons Prague dans les jours à venir, le plus rapidement possible.

— Bien. N'oubliez pas, maître Von Knochen, que l'Empire compte sur vous. Une déception serait fort regrettable.

— Je tâcherai de garder cet avertissement en mémoire, grinça-t-il. Cependant, avec tout mon respect, vous n'avez pas idée de ce qui rampe dans l'obscurité et s'apprête à tous nous dévorer. Pas plus que la peste, ce fléau n'épargnera les riches et les puissants.

— N'imaginez pas que je n'en ai pas conscience. Je ferai tout ce qui est en mon pouvoir pour éviter cela, même si ça doit me coûter des heures et des heures de lutte. Après tout, *tutte le ore feriscono, l'ultima uccide.*[18]

Devant le silence de Thomassin, le souverain crut bon de préciser :

— Vous ne parlez pas italien ? Je vais traduire pour vous ce proverbe bien connu : toutes les heures blessent, mais la dernière tue... Bonne nuit, maître Von Knochen.

---

[18] Élevé dans les plus grandes cours de l'Europe du XIVe siècle, Charles IV parlait cinq langues : latin, allemand, tchèque, français et italien.

Chapitre IX

La nuit, sur les rives de la Vltava

—Je te dis que c'est trop dangereux ! souffla Albrecht, à court d'idées.

Sarah lui adressa la moue caractéristique qu'elle arborait quand quelque chose l'exaspérait. Ils se tenaient dans la bibliothèque secrète de l'empereur, au cœur du palais royal, penchés sur des volumes épais et enfouis sous les rouleaux de parchemin. D'immenses étagères et rayonnages parfaitement rangés croulaient sous les livres interdits et les écrits licencieux. Les plus précieux et les plus dangereux, enfermés dans des cages de fer, ne se consultaient que sur place. Les plus grands textes occultes à portée de leurs mains ne faisaient qu'ajouter à leur confusion. Ils ne trouvaient rien qui s'apparentât, de près ou de loin, au manuscrit atlante en leur possession. Même le *Kitab al Azif*[19], du poète fou Abdul Al-Hazred, ne leur avait apporté aucun secours. Bien que les dieux anciens dont il parlait rappellent, par leur puissance et leurs origines impies, les pouvoirs de Conquête, ils n'étaient ressortis de leur lecture qu'avec une impression de malaise diffus devant la folie qui en ornait les pages.

---

[19] Le livre du musicien, autre nom du Necronomicon.

Le novice secoua encore la tête devant l'insistance de sa compagne.

— C'est le seul moyen te dis-je, Albrecht ! Nous trouverons peut-être ici des explications pour nous opposer au strige, mais pas la clé de son manuscrit. Tu vois bien qu'il n'y a pas de manuel d'araméen ! Et quand bien même, nous disposons de trop peu de temps pour apprendre cette langue.

— Peut-être devrions-nous le confier aux occultistes de l'empereur ? hasarda le jeune homme.

— Peuh ! Ils en savent encore moins que nous ! La moitié sont des charlatans, asséna-t-elle. Et ils nous trahiraient, à coup sûr. Nous ne sommes plus à l'Academia. Si la bibliothèque interdite de Son Altesse ne recèle pas ce qu'il nous faut, alors je te le redis, c'est auprès de mon peuple que nous trouverons de l'aide.

Albrecht comprenait ses arguments et n'était pas loin de s'y ranger. Seule la peur de se faire prendre le retenait encore. Autant que celle d'être à nouveau séparé de Sarah.

— Tu as raison, mais pour la millième fois, nous ne pouvons pas nous rendre à Josefov ! De toute façon, nous partons demain matin. C'est trop tard.

— Il reste cette nuit. Nous pouvons tenter de nous faufiler hors du *hrad* et gagner les rives de la Vltava, de là...

— Et quoi ? Tu traverseras à la nage ? railla-t-il. Si un nautonier te surprend sur la berge, tu peux être sûre qu'il ameutera le guet et tout sera fichu !

Sarah se renfrogna. Le jeune homme avait raison sur ce point, elle était forcée de l'admettre. La colère, en même temps que l'excitation, bouillait dans ses veines. Le savoir était à portée de main, chez les siens, si proche et pourtant inatteignable. La frustration lui fit balayer les vélins d'un coup sec, ce qui eut pour effet de réveiller en sursaut leur garde-chiourme.

— Oh ! dit-il en entendant les cloches sonner vêpres. Il est déjà cette heure-là ! Allons, vous avez assez passé de temps ici, ouste ! Sortez, sortez !

Les deux jeunes gens ramassèrent leurs affaires, sans oublier les précieuses copies qu'ils avaient pu réaliser de quelques parchemins rares, et quittèrent la pièce secrète par un étroit couloir. La lueur orangée du soleil couchant les surprit au-dehors, ils plissèrent les yeux. La jeune fille avança d'un air rageur, ses pieds délicats battant le pavé disjoint avec force pour regagner leur aile.

— Écoute, lui dit Albrecht avant qu'ils n'atteignent leur chambre, je sais que tu es frustrée, tout comme moi, je t'assure. S'il y avait un moyen, je ferais tout pour t'aider. Il faut nous rendre à l'évidence, jamais nous ne pourrons franchir les portes du palais et encore moins traverser la rivière sans nous faire repérer. Il faudrait que nous soyons plus petits que des rats pour réussir ce tour de force...

À ces mots, une lueur étrange illumina les pupilles de Sarah. Elle posa sur Albrecht un regard déterminé. Ce dernier grimaça. Elle avait une idée. Mieux, une révélation. Il n'aimait pas cela.

— Tu as fait une copie du texte que nous ne parvenons pas à comprendre ?

— Je... Oui. J'ai retranscrit les phrases mot à mot, grâce au peu que nous avons déchiffré. Il me semble que c'est une reproduction fidèle. Mais je ne vois pas en quoi cela peut aider.

— Le Golem !

Elle le secoua par les épaules comme un sac de grains. Il la contempla sans comprendre ce que le monstre d'argile venait faire dans leur conversation. Il se prit à redouter que toute cette histoire ne lui donne la fièvre. Les yeux luisants de Sarah ne firent qu'attiser ses craintes.

— Enfin, voyons, continua-t-elle, le Golem ! Je peux modeler son apparence pour qu'il devienne, selon mon bon vouloir, gigantesque ou bien petit ! Il me suffira de lui insuffler la vie, d'attacher ta copie sur son dos et de l'envoyer tout droit à Josefov !

— Mais comment trouvera-t-il la personne adéquate ? Le quartier a l'air immense et tu n'y connais personne...

— C'est le protecteur de mon peuple, il se rendra à la première synagogue qu'il rencontrera. J'ajouterai une lettre et le premier rabbi qui le découvrira saura parfaitement à quoi il a affaire. De plus, en possession d'une parcelle de texte, il ne pourra pas tout saisir, nous ne risquons rien. Je le ferai revenir avant l'aube. Personne ne fera attention à un tout petit bonhomme de terre cuite ! C'est la solution idéale !

Pleine de joie, elle ouvrit grand la porte pour se retrouver nez à nez avec Génovéfa qui lui adressait un immense sourire. Décontenancée, elle balbutia un salut. La mageresse planta son index dans la joue de la jeune femme, y creusant une fossette artificielle.

— Excellent plan, ma jolie ! Je suis admirative de ton intelligence, on ne s'est pas trompés quand on t'a recrutée dans les rangs de l'Academia !

— Vous avez tout entendu, souffla-t-elle.

— Oui, bien sûr ! Vous n'étiez pas des plus discrets et j'avoue qu'écouter aux portes est une de mes grandes passions dans la vie ! On apprend tant de choses. Rassure-toi, dit-elle en s'écartant, il n'y a personne d'autre que moi. Thomassin est à la cathédrale pour faire je ne sais quoi et Otto... On se fiche pas mal de ce qu'Otto peut faire ! Bien ! Si je puis me permettre, je vois un léger accroc dans ton merveilleux arrangement...

— Quoi donc ? répliqua la jeune juive, piquée au vif.

— Il me semble que ta créature, à la base, est façonnée à partir de glaise. De boue, en d'autres termes. Comment comptes-tu lui faire traverser la Vltava sans qu'il se désagrège totalement ?

Les épaules de Sarah s'affaissèrent et, derrière elle, Albrecht arbora une mine déconfite. L'élément liquide constituait un obstacle infranchissable pour le Golem. Bien que modelée par la magie, la créature demeurait soumise à sa nature profonde. La terre au contact de l'eau se transformait toujours en une flaque bourbeuse et informe. Il se mordit la langue, quels sots ils faisaient !

— Ne faites donc pas cette tête, je suis là pour vous aider. Mon statut me permet d'aller et venir comme je le souhaite au sein de ce palais... et en dehors. Confie-moi donc ton bonhomme, il traversera la rivière sans encombre et sans même mouiller ses petits pieds d'argile !

— Comment ? murmura le novice, interdit.

Génovéfa lui adressa un clin d'œil appuyé.

— Une bonne magicienne ne révèle jamais ses tours !

— Voilà que vous parlez comme Otto à présent !

La voix de stentor de Thomassin résonna sous les voûtes de pierres et tous se tournèrent d'un même ensemble, un air coupable sur leurs traits surpris.

— Que manigancez-vous donc, tous les trois dans ce couloir ?

La mageresse recouvra vite ses esprits et se pendit à son bras avec un regard animé.

— Rien de spécial ! Ces deux jeunes gens m'interrogent sur la nature de la magie, sa source et ses emplois... Je ne fais que les renseigner, enfin, selon ce que j'ai le droit de révéler. Bien entendu, si c'est vous qui demandez...

Elle pressa ses formes avantageuses contre l'épaule du chasseur qui se détendit légèrement. Elle le noya sous un babillage gracieux, et l'entraîna dans la chambre près de l'immense cheminée. Sarah et Albrecht se lancèrent un regard interrogateur.

— Tu crois qu'on peut lui faire confiance ? murmura le novice.

— Nous n'avons pas le choix. C'est ça ou demeurer aveugles et idiots. Pour vaincre Conquête, il vaudrait mieux que nous possédions toutes nos facultés.

Les ronflements sonores d'Otto et la lourde respiration de Thomassin emplissaient la pièce depuis de nombreuses minutes lorsque Sarah glissa un pied hors de sa couche. À pas feutrés, elle évolua sur les dalles gelées et s'approcha de celle d'Albrecht. Elle récupéra sous l'oreiller bourré de plumes de ce dernier le précieux parchemin enroulé sur lui-même et déposa un baiser furtif sur sa joue avec tendresse. Il s'était rendormi, mais elle ne lui en tenait pas rigueur, sa tâche principale était accomplie. Avec la discrétion d'un chat, elle regagna son lit et sortit une missive qu'elle avait rédigée un peu plus tôt dans la soirée, prétextant se sentir trop mal pour descendre assister au souper. Elle relut les lignes qu'elle avait tracées avec soin, à la manière dont son oncle l'aurait fait s'il s'adressait au plus vénérable des rabbis. À sa véritable manière.

Elle avait décidé qu'il valait mieux dissimuler son sexe à son interlocuteur. La pestilence et les pogroms avaient fait des ravages parmi son peuple, mais certains refusaient encore d'accorder crédit aux femmes. Puisqu'ils ne la verraient pas, autant entretenir l'illusion et mettre toutes les chances de leur côté.

Elle récupéra la petite statuette de glaise et se dirigea vers la porte. À peine effleura-t-elle le verrou que Génovéfa se matérialisa dans son dos tel un fantôme. Vêtue d'une longue cape de laine qui dissimulait ses traits, elle posa un doigt sur ses lèvres et ses yeux chatoyèrent dans les ombres.

Avec une infinie douceur, des branchages noueux et souples naquirent du bois mort devant le visage émerveillé de Sarah. Ils soulevèrent le loquet, le son étouffé par leur feuillage luxuriant. Une fois dans le couloir, la mageresse dressa une palissade de rameaux autour d'elle pour les masquer à la vue de tout garde qui patrouillerait dans la nuit.

— Est-ce utile ? questionna la jeune femme, c'est un peu voyant, non ?

— Pas d'inquiétude, de l'extérieur, on ne voit que des pierres nues identiques à celles des murs qui nous entourent !

Elle jeta sur la magicienne un œil rempli d'intérêt. Celle-ci était pleine de surprises et son art ne semblait pas se limiter à la seule connaissance des simples. Elle faisait un allié parfait.

— Bon, murmura-t-elle, à moi.

Elle releva la manche de sa chainse. Les symboles tracés à l'encre charbonneuse apparurent sur sa peau laiteuse. Les lettres s'illuminèrent aussitôt qu'elle prononça les paroles ancestrales. Elle effleura de ses doigts le mot *Emet* et la statuette, posée sur le sol, commença à grandir. Quand elle eut atteint la taille raisonnable d'un gros rongeur, Sarah s'arrêta. Une fine sueur couvrait son front.

— C'est toujours plus difficile de retenir le flux que de le laisser aller, commenta Génovéfa, mais ça devient plus simple avec le temps et de la pratique. Bravo !

La jeune fille lui lança un regard reconnaissant et se pencha à l'oreille du Golem pour lui donner ses instructions. Le petit colosse de glaise ne réagit pas, mais une vive lumière brillait désormais dans ses yeux, indice de la vie qui lui avait été insufflée par le pouvoir du logos.

Sarah se redressa.

— Vous êtes prête ? Bien. Alors : לך![20]

---

[20] Va !

L'être de terre cuite commença à se mouvoir et la magicienne fit disparaître promptement la barrière qui les entourait.

— Retourne te coucher et ne t'inquiète de rien. Je serai de retour sitôt qu'il aura traversé. Le reste ne dépend pas de moi.

Elle se lança dans la coursive à la suite du Golem et ils s'évanouirent tous deux à la vue de Sarah. Cette dernière tordit ses mains, signe de l'angoisse qui lui serrait le ventre. Elle rentra bien vite sous ses couvertures, incapable de trouver le sommeil.

La mageresse suivait comme son ombre la statuette vivante. Elle ne cessait d'admirer sa rapidité et son agilité, malgré sa forme ronde et plutôt grossière. Elle devait l'admettre, cette forme de magie la fascinait. Elle n'avait jamais rien vu de tel. Bien qu'elle soit visiblement liée à un élément, elle paraissait avoir été transformée et transcendée, pour obtenir un simulacre de vie. Elle comprenait mieux à présent pourquoi Otto avait remué ciel et terre pour ramener ces deux étranges jeunes gens dans le giron de l'Academia. Un tel pouvoir laissé sans bride sur le cou deviendrait tôt ou tard un danger critique.

Elle plaqua son corps contre un mur. Ils approchaient de la grande porte percée dans l'enceinte fortifiée du palais. Des hommes du guet se déplaçaient non loin, elle pouvait entendre leurs pas lourds. Le Golem lui, ne s'arrêta pas. Grâce à sa petite taille, il se glissa sous la grille monumentale.

Génovéfa pesta et s'élança à sa suite le plus furtivement possible. Parvenue devant les barreaux de métal, ses yeux s'illuminèrent. D'énormes troncs s'élevèrent de terre dans le silence qui recouvrait la cour et la barricade se souleva pour lui permettre de ramper dessous. Elle émergea de l'autre côté, épousseta ses effets, en sueur. Elle rattrapa le Golem en quelques enjambées le long des rues vides. Ils débouchèrent bientôt sur la rive boueuse de la Vltava.

Échouées tels des animaux fantastiques, des barques emplies de filets dormaient sur leurs flancs. Elle retint sa respiration et scruta les abords pour s'assurer qu'ils étaient déserts. Elle abandonna l'être de glaise, s'avançant jusqu'à ce que ses pieds effleurent les eaux noires du fleuve. De fines ridules marquaient la surface et ondulaient sous la pâle lueur du croissant de lune suspendu sur la toile du ciel. Elle inspira profondément, tandis que ses yeux prenaient une teinte d'émeraude profonde, brillants comme ceux des reptiles. Une vieille planche abandonnée se couvrit de rameaux et de feuillages. Ils s'étirèrent, se nouèrent les uns avec les autres jusqu'à former une frêle embarcation, suffisante pour supporter le poids du Golem. Sans la moindre hésitation, il monta dedans. Elle poussa la barque dont les branchettes se muèrent en deux rames magiques. Cette dernière s'éloigna sur l'onde sombre en direction de la rive opposée. Elle patienta encore un instant, jusqu'à ce que la créature disparaisse, avant de quitter l'endroit pour regagner la chambrée.

Une aube pâle pénétrait à peine par les fenêtres lorsque Sarah perçut un bruit furtif. Elle se redressa sur un coude pour voir, au pied de sa couche, le colosse de glaise miniature qui patientait. La lueur dans ses yeux était presque éteinte et elle s'accroupit à ses côtés. En lieu et place du ruban et des parchemins qu'elle avait accrochés sur lui, un lien de chanvre faisait le tour de son torse, duquel un morceau de vélin bien arrimé dépassait. Son cœur bondit dans sa poitrine, elle retint un cri entre ses mains. Elle défit fiévreusement le cordage, non sans difficulté tant il était emmailloté. Elle le déroula pour découvrir une écriture fine et serrée dans laquelle était inscrit, dans sa langue, le message qu'elle attendait.

« Shalom aleichem. Moi, rabbi Moshe Eredani, de la Neu Shul, je vous remercie de vous être dévoilé à nous, gardien du Golem. Nous allons travailler pour vous, faites-nous signe dès votre retour. Que la paix soit sur vous. »

Les larmes aux yeux, Sarah releva la manche de sa chainse, effleura les mots sacrés et rangea le Golem dans sa poche. Elle serra le parchemin contre son cœur, et les visages bien-aimés de son père et de son oncle lui apparurent. Elle les remercia muettement, grâce à leurs enseignements, elle avait réussi. Bientôt, avec l'aide du savoir de son peuple, ils disposeraient de toutes les clés et pourraient contrecarrer les plans de Conquête.

Chapitre X

Sanguis pluvia[21]

Début octobre 1351

Le vent chassait les écharpes de brume qui couraient le long des montagnes. Les arbres sur leur flanc commençaient à prendre des teintes roussâtres. Thomassin scruta les cieux cléments, puis reporta son attention sur la vallée qui s'ouvrait devant eux.

— Je crois qu'il nous reste seulement deux jours de chevauchée avant d'atteindre les terres des Roztemberg, déclara Otto, mais si nous descendons dans la combe, nous perdons du temps à remonter. Ne peut-on suivre la ligne des crêtes ?

— Je n'en sais rien, bougonna le chasseur, je ne connais pas cette région plus que vous. Ce que vous proposez semble intéressant, mais qui nous dit qu'il y a des sentiers praticables ?

Ils hésitaient sur l'itinéraire à emprunter. Au départ de Prague, une semaine auparavant, tout était simple. Ils avaient suivi les grandes routes commerciales, bien que désertées pour la plupart, puis les secondaires pour éviter les

---

[21] Pluie de sang.

centres de populations moins bien lotis que la capitale et qu'on leur avait signalés comme foyers de pestilence. Dès qu'ils avaient abandonné les chemins civilisés pour s'enfoncer enfin dans les premiers contreforts des Carpates, tout était devenu plus complexe. Perdus en terre inconnue, sans pouvoir demander d'aide ou de soutien où que ce soit, ils tâtonnaient, se sentaient repoussés par la contrée elle-même. Les bois de résineux noirs, les arêtes rocheuses hérissées de croix et les profondes vallées brumeuses semblaient protéger un secret. Ils rejetaient tout étranger assez fol pour s'y introduire.

Sarah resserra les pans de son mantel sur elle et scruta les alentours. La nature s'étalait dans ce qu'elle avait de plus sauvage. On aurait pu croire ces terres inhabitées s'il n'y avait, çà et là, des signes d'activité humaine. Des essarts bien entretenus, des sentiers serpentant entre des murets de pierres sèches. Nulle âme qui vive ne se montrait, mais elle ne pouvait se départir de la sensation d'être observée.

— Si nous pouvions nous dépêcher de choisir, intervint Génovéfa, ce serait préférable. Il ne va pas tarder à pleuvoir.

Thomassin et Otto se retournèrent vers elle, un air incrédule sur leurs traits virils.

— Le ciel est bien dégagé et aucun nuage ne menace, déclara ce dernier.

— Certes, mais la pluie est tout de même imminente.

— Comment pouvez-vous le savoir ? hasarda Thomassin, bien qu'il se doutât de la réponse.

— C'est lui qui me l'a dit, affirma-t-elle en désignant un immense chêne planté à quelques coudées du chemin.

Il poussa un profond soupir et darda à nouveau le regard sur le paysage.

— Si le temps se dégrade, alors il vaut mieux nous montrer prudents et nous enfoncer dans la vallée. Nous trouverons bien une ferme ou autre pour nous abriter. Les sommets peuvent se révéler dangereux en pleine tempête.

— Sans nul doute, enchaîna le mage en tirant sur ses rênes, mais il ne va pas pleuvoir, pas tout de suite. Gagnons du temps, passons par les cimes, voulez-vous ?

Le limier frotta nerveusement sa cicatrice, comme chaque fois qu'il réfléchissait. Jouer les arbitres entre les deux mages ne l'enchantait guère, mais il devait pourtant trancher. Il inspira et regarda encore le ciel azur.

— Va pour les crêtes, j'en ai assez de chevaucher. Dépêchons-nous d'atteindre le château et d'en finir.

Génovéfa afficha un air boudeur, mais ne fit aucun commentaire. Ils s'enfoncèrent rapidement sous les frondaisons d'une forêt de résineux, dont les aiguilles touffues leur masquèrent le firmament. Un chemin sylvestre s'élevait en pente douce entre les troncs épais, sinuant entre des chaos de pierres couvertes de mousse.

Sarah se porta à hauteur d'Albrecht qui murmurait une prière sur sa selle.

— Tu ne trouves pas qu'il y a quelque chose de bizarre ici ? chuchota-t-elle.

Il releva la tête pour scruter le sous-bois humide.

— Pas particulièrement... Tu as senti quelque chose ? Génovéfa avait l'air de dire que le temps allait tourner, mais pour le moment ce n'est pas le cas.

— Tends donc l'oreille.

— Je n'entends rien... lui confia le novice, penaud.

— C'est bien là le problème, il n'y a aucun bruit. Pas un froissement, même pas un chant d'oiseau. C'est inquiétant, non ?

Le jeune garçon sentit sa gorge se serrer, remarquant l'expression troublée, presque apeurée, de Sarah. Cela l'étonna. Elle était plus téméraire que lui, plus astucieuse mais aussi, il le confessait sans peine, plus douée dans les arcanes magiques. Il prit sur lui de passer encore une fois pour le couard de service et héla les deux hommes qui chevauchaient à l'avant.

— Thomassin, Otto ! Êtes-vous certains que l'on fait bonne route ?

Les deux autres arrêtèrent leurs montures et lui jetèrent un regard exaspéré.

— Oui, s'agaça le sorcier, mais si nous faisons halte toutes les cinq minutes pour contempler les fleurs ou admirer les arbres, jamais nous n'arriverons à bon port !

— J'espère bien que nous y arriverons, murmura la jeune femme, cette forêt ne me plaît pas. Pas du tout. Plus vite nous en sortirons et mieux ce sera pour nous tous.

Ils continuèrent de progresser sur le sentier qui s'élevait par palier vers les sommets invisibles. Un vent coulis se leva, obligeant Sarah à resserrer encore plus ses vêtements contre elle pour se protéger. Sa jument, pourtant de bonne composition, ralentit le pas, comme si elle hésitait à poursuivre. Elle agitait la tête et commença à mâchonner nerveusement ses mors. Génovéfa qui trottait à ses côtés, lui confia :

— Je le sens moi aussi, quelque chose d'anormal se prépare dans les airs. Les arbres sont devenus hostiles, ils se sont fermés, je n'obtiens rien d'eux. Tout nous repousse ici, il faut forcer l'allure et quitter cet endroit.

Alors qu'elle achevait ces paroles, le bruit délicat des gouttes s'écrasant sur les feuilles résonna.

— Je vous l'avais bien dit ! cria la mageresse à l'adresse des deux hommes, il pleut, ça y est !

Thomassin leva les yeux vers les frondaisons touffues. Le son de l'averse s'accentua pour se muer en une véritable pluie battante que seuls les branchages épais des résineux étouffaient encore. Une odeur curieuse envahit ses narines. Une senteur cuivrée, si différente de l'effluve de l'humus ou de terre mouillée par l'ondée. Il allait se retourner vers ses compagnons lorsqu'une goutte visqueuse s'écrasa sur le cuir de son gant. Il contempla, incrédule, la tache sombre qu'elle y avait imprimée. Il le retira avec vigueur et tendit la main sous la pluie qui se muait en déluge. Un liquide épais et rougeâtre teinta rapidement ses doigts. Il lança un regard affolé à Otto, qui avait eu l'exact même réflexe.

— Ce n'est pas de l'eau... murmura-t-il, sous le choc.

— Non, renchérit le mage, les yeux écarquillés. C'est du sang !

Ils se dirigèrent vers les autres qui, horrifiés, venaient de constater la même chose.

— Du sang... balbutia Albrecht, il pleut du sang ! Seigneur !

Il se signa à toute vitesse, transi de terreur.

— Allons ! hurla Thomassin en rabattant son capuchon sur ses traits. Ne touchez à rien et restez ici, je vais nous trouver un abri !

Il se jeta à bas de sa monture et courut en direction de la dense futaie, à l'endroit où il avait repéré des rondins de bois empilés, couverts d'une mousse abondante. La pluie infâme tombait désormais dru, le sol, comme assoiffé, absorbait le cruor qui chutait en cataracte du ciel. Cela lui rappela la façon atroce dont la goule s'était abreuvée au col d'Arnaud, juste avant de le tuer. Thomassin n'avait jamais rien vu de pareil et la nausée lui enserra l'estomac. Il scruta les alentours avec avidité et finit par trouver ce qu'il cherchait. Une coupe claire avait dégagé un morceau de terrain aplani et dessinait une clairière, au milieu de laquelle une ancienne cabane de charbonnier trônait. Il retourna en courant vers ses camarades qui s'étaient abrités tant bien que mal sous un sapin séculaire dont les branches les plus basses formaient une couverture relative. Il les héla et tous s'engouffrèrent à sa suite. Les gouttes vermeilles s'écrasaient régulièrement, telles les cloches d'une église sonnant un glas funèbre. Ils atteignirent enfin l'abri de fortune et tous soupirèrent de soulagement en échappant à l'ondée immonde.

Génovéfa leur jeta un regard courroucé tout en suspendant son mantel à une poutre noircie.

— Je sais, admit Thomassin, qui évacuait le sang de ses chausses détrempées, nous aurions dû vous écouter.

— Tout de même, renchérit Otto, nous ne pouvions pas deviner qu'il allait se mettre à tomber des muids de sang sur la contrée ! C'est extraordinaire.

— Pas tant que ça, murmura Albrecht d'un air morne.

— As-tu déjà entendu parler d'un pareil prodige ? le questionna le chasseur.

Il en profita pour ramasser plusieurs bûches et branchages stockés dans un coin de la petite habitation afin d'alimenter un bon feu qui effacerait les stigmates de cette pluie terrible.

— Oui. Grégoire de Tours rapporte plusieurs de ces phénomènes survenus en l'année 582. Ils se sont toujours soldés par de grands malheurs à venir. Famine, guerre...

— Épidémie, grinça le chasseur. Rien de nouveau, en somme !

— Tu ne devrais pas encore te moquer des présages du temps. Ce ne peut être qu'un mauvais augure pour ce qui nous attend chez les Roztemberg. Nous ignorons quelles forces sombres sont à l'œuvre sur leurs terres, mais cette pluie de sang est un indice pour nous : nous allons devoir affronter des choses terribles.

— Tu penses à Conquête ? déclara Thomassin, sans plus prendre garde à la présence des deux mages.

Il était las de jouer les hypocrites. Otto savait très bien de quoi il retournait, même s'il avait fui comme un lâche la fois précédente. Il n'imaginait pas que Génovéfa, avec ses capacités extraordinaires, soit ignorante des faits survenus à Herzee-le-Haut.

— Peut-être, acheva le novice, son manuscrit n'évoque pas de telles calamités, mais nous sommes loin de l'avoir déchiffré dans sa totalité.

Thomassin se tut et reporta son attention sur le feu qu'il tentait de faire naître dans l'âtre mort. Il avait caché à ses compagnons sa rencontre avec l'empereur et plus encore, les confidences de ce dernier. Il se demanda s'il ne devait pas leur en faire part. Il songea qu'une telle dissimulation avait, autrefois, mis à mal la cohésion de son petit groupe. Surtout celle de Sarah et d'Albrecht. Il ne voulait sous aucun prétexte réitérer la même erreur. Karl ne lui avait pas expressément interdit d'évoquer leur rencontre, il lui suffisait d'omettre certains points de leur conversation. Comment leur annoncer qu'il avait été convoqué par Karl lui-même et s'était entretenu en privé avec lui ? Otto en ferait une syncope à coup sûr ! Cette perspective ramena la joie sur son visage, tout autant que la première flamme qu'il parvint à allumer. Au même instant, l'averse au-dehors diminua et tous se détendirent quelque peu. Ils se réunirent autour du foyer dans lequel Thomassin jeta deux grosses bûches.

— Restons ici et reposons-nous, déclara-t-il, je crois que cet événement singulier nous a ébranlés. Nous redescendrons demain matin vers la vallée. Pas besoin de forcer le destin et les calamités, elles nous tomberont dessus bien assez tôt.

— Qu'entends-tu donc par là ? l'interrogea Albrecht.

Il se planta devant lui et s'assit sur une souche taillée pour servir de siège, tout en l'invitant à poursuivre.

— Ce qui nous attend semble plus complexe qu'il n'y paraît. Je ne sais qui ou quoi est derrière les événements qui s'y déroulent, mais ce qui est certain, c'est qu'il ne s'agit pas d'une affaire de spectre ordinaire. Nous sommes face à un cas proche de celui de Herzee. Sinon, jamais Karl et le Conclave ne nous auraient tous dépêchés sur place.

— Tu en dis moins que tu en sais, répliqua le garçon. Parle.

Il s'aperçut que tous l'entouraient, pendus à ses lèvres. Il poussa un profond soupir et dévoila ce qu'il avait sur le cœur.

— J'ai rencontré l'empereur, à Prague, il m'a confié certains détails sur les disparitions surprenantes qui surviennent sur ces terres éloignées de la couronne. Il m'a avoué que les crimes commis n'ont sans doute rien de naturel. On retrouve les victimes mutilées d'une façon ignoble, parfois on ne les retrouve pas. Les morts ne s'y lèvent pas des tombes, mais selon le grand Karl, cela ne saurait tarder. Il soupçonne une source occulte, ou même maléfique. Nous devrons demeurer sur nos gardes.

— Vous ! souffla un Otto indigné, vous avez parlé au grand Karl de Luxembourg ! Vous ne me ferez pas gober telles fadaises !

— Vraiment ? Il ne put s'empêcher de sourire. Dans ce cas, comment expliquez-vous que je sois en possession de ceci ?

Il tira de sous sa broigne de cuir un coffret de bois précieux dans lequel une descente de croix d'une finesse rare était sculptée.

— Qu'est-ce donc ? demanda Albrecht, émerveillé devant le travail de l'artisan qui avait reproduit la scène à la perfection.

Thomassin lui plaça d'autorité l'écrin dans les mains.

— C'est pour toi ! Ouvre.

Le jeune garçon entreprit de lever le fermoir de métal gravé aux armoiries du Saint Empire. Il contempla à l'intérieur un simple morceau de bois noirci et abîmé, enchâssé dans un pli ? de la pourpre. Il regarda le chasseur sans comprendre, puis, mû par une inspiration soudaine, effleura l'objet du bout de ses doigts. Une glorieuse lumière en émana et auréola son visage comme celui d'un archange.

— Dieu tout puissant ! déclara-t-il en se signant. Cette relique, ne me dis pas que...

— Tout à fait. Un fragment de la vraie croix, chèrement acquis par notre empereur bien-aimé, qui me l'a confié pour la réussite de notre mission.

Cette fois, Otto demeura coi, tandis que le jeune garçon refermait le coffret avec mille précautions et le rangeait dans le scapulaire le plus proche de son cœur.

— Vous avez compris à présent que cette tâche n'aura rien de simple ni de commun. Je ne sais pas ce qui nous attend, mais mieux vaut nous préparer au pire.

Chapitre XI

Roztemberg

Une pluie fine les accueillit à leur arrivée au pied de l'impressionnant castel des Roztemberg. Comme de très nombreux châteaux fortifiés de cette contrée, il dressait ses tourelles et son donjon sur un éperon rocheux, face à un abîme vertigineux. Thomassin s'émerveillait toujours de la capacité des architectes à analyser les qualités naturelles d'un terrain pour en épouser les courbes. D'en bas, la forteresse paraissait imprenable. Un hameau s'étendait au pied de la butte, composé de longues maisons aux toits de chaume épais, qui suivaient le cours d'une rivière sombre. Une odeur de fumée émanait des foyers ramassés entre eux. Il aperçut les contours d'un unique chemin sinueux qui avançait vers l'entrée principale du castel, contournant les solides remparts. Pour un envahisseur, cela signifiait essuyer les tirs d'archères et de machines de jet, et voir son armée décimée avant même d'arriver au pied de la construction.

Les rues détrempées étaient désertes, aucun son ne troublait un silence morne, pas même le souffle d'une forge ou les rires des enfants. Il scruta les portes pour déceler le moindre symbole qui indiquerait que la pestilence avait atteint le village, mais n'en discerna aucun. Alors que leur compagnie passait devant l'une des humbles demeures, il constata qu'elle était grande ouverte. Un dais de tissu noir barrait l'entrée, synonyme d'un récent décès. Au même moment, les cloches se mirent à sonner. Tous levèrent le nez vers l'église, construite sur une éminence à l'opposé de celle du château. Il fit signe aux autres de descendre de leurs montures.

— Je propose que nous attachions les chevaux ici, et que nous nous mêlions à la foule. Nous obtiendrons peut-être des informations.

— Il sera difficile pour cinq étrangers de passer inaperçus en pareilles circonstances, mais soit, admit Otto. Les châtelains se sont sans nul doute rendus aux obsèques de leur serf, ce sera l'occasion de les observer sans trop nous dévoiler. Allons !

Le sentier qui menait à l'édifice religieux était raide, composé de marches sculptées dans la roche dont certaines si anciennes que leur centre s'évasait. Usées par les pas des fidèles, elles témoignaient de la piété des habitants de Roztemberg. Thomassin songea qu'il allait falloir se montrer prudents avec les membres du clergé local, s'ils voulaient obtenir des réponses rapidement.

Ils pénétrèrent dans le petit édifice et constatèrent que ce dernier était plein de villageois dévots, têtes basses. La nef principale donnait sur le transept qui devançait un chœur arrondi où des stalles sculptées offraient des sièges aux édiles et aux seigneurs. Ils s'assirent dans la première travée, sur le banc le plus vide possible.

Devant l'autel, sur des tréteaux, un humble cercueil de bois clair reposait, sur lequel officiait le prêtre, encadré de son bedeau et d'un enfant de chœur qui vacillait sous le poids d'un énorme cierge. Une épaisse fumée se dégageait de l'encensoir, capiteuse et lourde. L'homme psalmodiait comme pour lui-même, le visage fermé, dans un silence que seuls déchiraient les sanglots d'une femme, à genou derrière lui. Épouse, mère, sœur... Thomassin n'aurait su le dire, mais le visage ravagé de larmes et de douleur qu'elle arborait suffisait à comprendre l'immensité de sa peine.

Le prêtre se retourna vers ses fidèles, qui se levèrent comme un seul homme, un air de recueillement féroce sur leurs traits. Une onde de colère mêlée de chagrin passa sur les corps, l'ambiance tendue frappa Thomassin. Le chasseur détailla l'ecclésiastique avec intérêt. Il était grand. Presque aussi grand que Regelswinthe, mais la ressemblance s'arrêtait là. Sa silhouette sèche et son visage maigre aux pommettes saillantes le différenciaient là encore de ses ouailles. Un feu inquiétant brûlait dans ses yeux clairs. Une flamme que Thomassin reconnaissait sans peine, celle du fanatisme. Il se remémora les flagellants, cette secte dont les membres se fustigeaient jusqu'à l'os afin d'obtenir la fin de la pestilence. Ce prêtre-là était fait du même bois et paraissait entraîner ses ouailles à sa suite.

— Vous voyez, là-bas, chuchota Otto. Dans le chœur ?

Le chasseur plissa les yeux pour distinguer deux personnes esseulées, assis dans les stalles de bois.

— Les Roztemberg, murmura-t-il.

— Tout juste. Je pense que nous avons là toute la famille, enfin, ce qu'il en reste. Mère et fils.

Le limier renifla avant de détailler plus avant les deux maîtres des lieux, mais son attention fut à nouveau attirée vers le prêtre. Ce dernier ouvrit les bras et commença son sermon d'une voix forte, emplie de courroux.

— Mes frères, mes sœurs, vous vous êtes aujourd'hui réunis dans la maison de Dieu, votre maison, pour de douloureux adieux. Notre bien-aimé frère Jakub nous a quittés et notre cœur lourd cherche le réconfort dans la parole divine. Hélas, ce n'est pas l'apaisement que je souhaite vous apporter par mes mots de vérité !

Son timbre faisait vibrer les murs, captivait son auditoire. D'où il était, Thomassin ne voyait que des visages éplorés et des mains tendues vers l'officiant, dont le regard enfiévré se posait sur chacun avec la même intensité, la même force.

— Car oui, Jakub nous a été enlevé. Fauché dans la fleur de l'âge, de la façon la plus atroce et la plus violente qui soit ! Il prive sa mère de son soutien et de son travail, son épouse d'un mari solide et aimant. Nous ne pouvons ignorer plus longtemps la bête qui décime notre village et tue les nôtres ! Ce monstre, vous le savez tous, c'est le péché qui se terre au cœur même de notre communauté. Il est si profondément tapi en son sein qu'il est aussi difficile de l'extirper de nos cœurs et de nos vies que les bubons du cou d'un pesteux ! Pourtant, je vous le dis, si vous ne voulez pas chuter dans les abîmes avec ceux qui la cachent, il vous faudra bientôt exciser cette tumeur maligne... *« Si quelqu'un adore la bête et son image, et reçoit une marque sur son front ou sur sa main, il boira, lui aussi, du vin de la fureur de Dieu, versé sans mélange dans la coupe de sa colère, et il sera tourmenté dans le feu et le soufre, devant les saints anges et devant l'Agneau. »*

Le prêtre abattit ses paumes l'une contre l'autre, la face baignée d'une colère extatique. Il s'agenouilla à même les dalles de pierre froide, sous le regard médusé de la petite compagnie. La foule des croyants l'imita, imprécations et gémissements montant telle une marée vers le Christ pantocrator[22] qui ornait le plafond du chœur. Sur leur banc, les châtelains s'étaient ratatinés comme s'ils pouvaient se fondre dans le bois, comme si on leur avait donné un soufflet.

L'homme d'Église se releva, le visage ravagé de larmes et la peau de ses joues couvertes de griffures qu'il s'infligeait lui-même. Cet étalage imprima sur la face mal recousue de Thomassin une moue écœurée. Il détestait les fanatiques, qui entraînaient toujours dans leur sillage sulfureux un vent de révolte mal venu en ces temps déjà troublés. Ils prenaient un malin plaisir à souffler sur les braises et celui qui officiait ici ne semblait pas déroger à cette règle. Il

---

[22] Christ en majesté ou en gloire.

comprenait mieux les inquiétudes du grand Karl, à présent. Si le serviteur de Dieu dirigeait le courroux du peuple vers les Roztemberg, il ne donnait pas cher de leur peau, château inexpugnable ou non.

Tandis que le religieux dispensait la paix de l'Église à tous les fidèles, ces derniers quittèrent petit à petit le bâtiment. Certains se jetaient presque à ses pieds pour baiser le bas de sa robe de bure élimée. Ils suivirent ensuite la bière vers le petit cimetière qui entourait l'édifice, pour le dernier voyage du défunt.

La petite compagnie demeura un instant sur le parvis, tous muets. Des dizaines de paires d'yeux inquisiteurs les observaient sans vergogne, les paysans arborant des mines suspicieuses et hostiles à l'égard de ces inconnus.

— Eh bien, commença Otto, l'ambiance de cet office était des plus curieuses.

— Vous avez remarqué, dit Génovéfa, le comte et la comtesse ont l'air de marcher sur des œufs. Ils ne sont pas intervenus et se sont éclipsés bien vite, comme pour échapper à la vindicte de leurs serfs.

— On aurait dit que ce discours les visait, renchérit Sarah, très mal à l'aise.

Plus que tous les autres, elle connaissait les ravages que des rumeurs mal intentionnées, saupoudrées de haine viscérale et de jalousie, pouvaient engendrer. La perspective d'une prochaine insurrection lui rappela les flammes qui avaient consumé sa famille et sa gorge se serra. Seuls les doigts d'Albrecht qui frôlèrent les siens l'apaisèrent quelque peu.

— C'est en effet très étrange, les références à la bête sont assez explicites : ce prêtre insinue que les maîtres de ces terres sont des adorateurs du démon, voire pire, des bêtes eux-mêmes. Je n'ai pas eu l'impression qu'il utilisait ces termes à des fins de paraboles. Je n'ai jamais rien entendu de tel, déclara le jeune garçon, morose.

Il coula un regard vers l'entrée de l'Église. La porte en demeurait ouverte, pour permettre à ceux qui le désiraient de se recueillir ou se confesser, mais cette entrée sombre et béante ressemblait à une orbite vide dans un crâne dénudé. Tout cela ne lui disait rien qui vaille et un coup d'œil vers Thomassin lui indiqua que son ami partageait ses pensées.

— Il n'est pas encore temps de faire la lumière sur les ambitions de ce prêtre, commenta Otto. Montons donc au castel et présentons-nous. Nous pourrons discuter plus avant de ce qui se trame ici avec les premiers concernés. N'oublions pas que notre devoir est de trouver l'origine de ces meurtres. Le reste, ma foi, ne nous regarde pas.

Les autres approuvèrent du chef et ils se dirigèrent à nouveau vers la rue principale du village. Le son étouffé de la terre meuble que l'on creusait sous le crachin les accompagna un instant, avant que, dans un craquement sinistre, le cercueil ne bascule vers l'éternel repos. Gravissant la rampe d'accès, ils gagnèrent en silence la poterne, gardée par deux hommes en faction qui les laissèrent passer sans rien leur demander. Ils tenaient leurs armes ramassées contre leur flanc dans une attitude transie de peur. Ils esquissèrent des sourires de soulagement en s'apercevant qu'il s'agissait de personnes extérieures au village.

Comme à Drnò, une cour haute occupait tout l'espace, bordée par les écuries, les communs et une vaste grange. Dans un coin, une enclume abandonnée contre un foyer froid indiquait qu'une forge avait, autrefois, été active. Thomassin embrassa le domaine d'un coup d'œil. L'aspect d'abandon était saisissant. Aucun page pour se porter vers eux, pas la moindre servante, point de gaies lavandières avec leur ballot de linge frais. Désertée, l'immense bâtisse ressemblait à l'un de ces navires fantômes dont la coque vide, battue par les vagues, glissait encore sur les eaux aux confins du monde connu. Ils n'hésitèrent pas longtemps avant de contourner la petite chapelle et de pénétrer dans l'entrée du donjon principal, massive tour crénelée qui griffait le ciel grisâtre.

— Holà du castel ! hurla Thomassin, les mains en porte-voix. Y a-t-il quelqu'un ici pour accueillir les envoyés de l'empereur ?

Otto lui lança un regard désapprobateur qu'il ignora superbement. Autant annoncer tout de suite la couleur, il n'y avait pas de temps à perdre, s'ils voulaient savoir de quoi il retournait.

Albrecht rabattit son capuchon et examina la vaste salle sombre qui s'ouvrait devant eux. Des torchères et des braseros projetaient une lumière diffuse qui n'atteignait pas les recoins. Une tenture attira son regard. Il s'avança vers le tissu, mélange de laine et de fil de soie brodés avec habileté, pour contempler la scène qui y était représentée. Des démons aux pieds fourchus et aux ailes de chauve-souris sillonnaient un ciel écarlate, dans lequel des anges blancs les perçaient de lances d'or. Au centre, un immense Christ, bras ouverts pour accueillir la multitude, trônait devant un spectacle qui aurait fait trembler les plus endurcis. Sur le sol, des dizaines de corps humains, tordus de douleur, les larmes sur leurs visages écarlates, les mains en prière, étaient projetés dans un tartare de flammes. Ce dernier n'était autre que la gueule béante hérissée de dents aiguës d'un monstre noir comme la suie.

Un jugement dernier. Là où les autres seigneurs préféraient s'entourer de scènes d'amour ou de parties de chasse, ceux de ce château sinistre avaient décidé de rappeler à tous le sort qui les attendait. Le reste de la décoration était à l'avenant. Les chandelis et le mobilier, sculpté dans un bois très noir, s'ornaient de dragons menaçants, dont les bouches s'ouvraient grand, comme pour engloutir le moindre passant. Un peu plus loin, un large escalier à vis montait vers les salles hautes de la tour, qui devaient abriter les appartements.

Un balustre rehaussait les premières marches, avant que ces dernières ne disparaissent dans l'ombre des pierres. La figure grimaçante qui garnissait le garde-corps le fit porter une main à son cœur. Un loup, immense et hirsute, la gueule hérissée de crocs luisants, semblait le regarder.

— *Si quelqu'un adore la bête ou son image...* murmurat-il pour lui-même, en écho au sermon du prêtre.

Se pouvait-il que les gens des environs, informés des goûts en matière de décoration de leurs suzerains, projettent sur eux fantasmes et rumeurs ? Un bruit de pas précipités lui fit tourner la tête, et il rejoignit vite ses camarades.

— Ah, tout de même ! lança Otto à l'adresse de la nouvelle arrivée, nous avons failli attendre ! Est-ce ainsi que les Roztemberg accueillent leurs visiteurs ? Des visiteurs de prestige, qui plus est !

— Mille excuses, Messire, indiqua une jeune fille en tablier, nous sommes peu nombreux au château, en ce moment. L'intendant, Maître Jan, est monté prévenir Madame et Monsieur de votre arrivée. Ils devraient descendre sous peu. Puis-je vous prier de me suivre dans la salle d'honneur ?

Ils délaissèrent l'impressionnante entrée pour une pièce de taille plus modeste, mais plus chaleureuse. Un feu ronflait dans la cheminée monumentale, dont le manteau était aussi décoré de scènes de loups courant dans les vastes forêts des Carpates. Albrecht leva la tête. Au-dessus, le blason des Roztemberg était sculpté à même le mur. Un loup massif, la gueule ouverte, passait sur les armoiries d'azur et d'argent. Thomassin suivit son regard et alpagua la servante.

— Ces fauves sont-ils nombreux dans la région ?

Une voix masculine lui répondit.

— Tout à fait, Messire, les loups habitent ces montagnes depuis des temps immémoriaux, avant même que la famille Roztemberg ne s'y établisse. Les gens d'ici ne les méprisent pas autant que ceux des cités ou de la capitale. Ce sont des bêtes fort intelligentes. Permettez-moi de me présenter, je suis Jan Peters, l'intendant de ce castel, il s'inclina d'un geste sec. Le comte et la comtesse ne vont pas tarder à nous rejoindre. Ils se changent après un triste événement...

— Nous sommes informés de la mise en terre qui vient d'avoir lieu et vous assurons de toute notre compréhension, Maître Jan, commenta Otto, c'est en partie pour cela que nous sommes ici.

Thomassin nota l'assertion du mage qui ne semblait pas correspondre à l'exacte vérité. Le magicien savait quelque chose que le chasseur ignorait, une fois de plus. Il sentait la main obscure du Conclave et se jura de le tenir à l'œil.

L'intendant toisa le sorcier et lui rendit un sourire méprisant lorsqu'il aperçut sur son pourpoint brodé, la fibule ouvragée qui trahissait son appartenance à la caste des détenteurs de sortilèges.

— Je vois que l'empereur a jugé bon de faire appel à ses représentants les plus... dévoués, déclara-t-il.

Sa longue moustache bien peignée tombait de part et d'autre de ses lèvres pleines. Vu sa stature et son habit, de tissu pourpre et noir moiré, l'intendant semblait très attaché à cette maison.

— Bien. Ne restez pas ainsi et asseyez-vous près du feu. Le voyage a dû être long depuis *Praha*. Matilda, veux-tu bien nous apporter des boissons ?

La domestique s'éclipsa, visiblement soulagée de s'échapper vers les cuisines.

— Où sont donc vos gens ? demanda Génovéfa, nous n'avons pas aperçu grand monde, depuis notre arrivée.

— Le comte et la comtesse vous aviseront bien mieux que moi de ce qui se passe céans, mais je vais tâcher de répondre à vos interrogations en les attendant. Nos gens ont, pour la majorité, fui le pays. Certains, hélas, sont décédés. Les autres n'ont pas supporté l'atmosphère, disons... tendue qui règne ici depuis des mois et ont délaissé leur charge.

— Croyez-vous ? renchérit Otto. Le village ne semble pas manquer de bras, vous n'aviez qu'à utiliser vos serfs.

— La situation n'est pas aussi aisée que vous paraissez le croire. Je préfère laisser le soin à mes maîtres de vous l'exposer. Pour le reste, pas d'inquiétude, vous serez logés ici. Les chambrées sont vastes et confortables et, ma foi, vu la place dont nous disposons, vous devriez être à votre aise.

— Je suis certain que ce sera parfait, assura Thomassin. Je vous avoue que nous ne souhaitons pas perdre de temps. Êtes-vous en mesure de nous décrire les circonstances de la mort de ce malheureux que l'on inhume ce jour ?

Maître Jan soupira, leur fit signe de s'asseoir et joignit les mains sur son ventre proéminent.

— Jakub était un homme travailleur. Sa famille, d'anciens charbonniers, est établie depuis longtemps sur les terres de Roztemberg. En remerciement de leurs bons services et de leur loyauté, le grand-père de notre bien-aimé comte leur a octroyé une maison et le droit d'exploitation de plusieurs lieues de forêt. Le bois d'ici est d'excellente qualité et c'est une denrée qui se vend fort bien. Avec la mine, c'est l'une des principales sources de revenus de la seigneurie.

— La mine ? interrogea Thomassin. Quelle mine ?

— Eh bien, la mine de cuivre ! N'avez-vous point remarqué que les gargouilles de la tour sont faites dans ce métal ? C'est la véritable richesse de cette famille.

Thomassin comprit instantanément que Karl ne lui avait pas présenté toutes les cartes qu'il avait en main, que son jeu s'en trouvait faussé. La lueur qu'il surprit dans les yeux d'Otto le lui confirma. L'existence de cette matière si convoitée jetait un éclairage nouveau sur cette affaire. Qu'est-ce qui pouvait bien lier des meurtres sordides, une vieille famille décimée, l'empereur et une telle fortune ? Il allait falloir la jouer fine et se fondre dans le décor pour découvrir ce qui se cachait derrière tout cela.

— En tous les cas, poursuivit l'intendant, cette famille de serfs était fort estimée de nos maîtres. Il y a trois jours, Jakub devait superviser la coupe d'un arbre énorme, un chêne centenaire qui devait être amené à Prague pour la construction du futur pont. Il s'est enfoncé dans la forêt pour l'aller marquer et, au crépuscule, il n'était toujours pas revenu. Son épousée s'est tout de suite alarmée, car il n'était pas dans ses habitudes de traîner dehors à la nuit tombée. Encore moins ces derniers temps. Ce sont ses compains qui l'ont retrouvé à trois empans de l'arbre, la gorge déchirée. Le sang avait éclaboussé les troncs alentour et la terre en était saturée. Pauvre hère. Nous le regretterons beaucoup.

Il se tut, affecté par ce qu'il venait de déclarer. Tous respectèrent un instant de silence pour la mémoire du brave bûcheron. Ils étaient toujours plongés dans leurs pensées lorsque la porte s'ouvrit. Maître Jan se leva d'un bond, comme si l'assise de son faudesteuil était emplie d'aiguilles. Les voyageurs l'imitèrent et Thomassin put enfin contempler les châtelains de plus près.

De longs voiles noirs encadraient un visage de femme strict et descendaient en un gorget jusqu'au col de sa robe de laine, recouverte d'un bliaud sombre. Ses traits reflétaient une grande noblesse et le chasseur se dit qu'autrefois sa froide beauté avait dû en mener plus d'un à se battre pour un seul geste de sa main pâle. Il imaginait sans mal les prétendants éconduits pleurer leur peine dans tout le pays. Derrière elle, un jeune homme se tenait, ses épaules larges engoncées dans un pourpoint de soie noire, brodée d'arabesques argentées. Héritier d'un beau visage altier, à la mâchoire angulaire et au front haut, il paraissait très mal à l'aise. Ses yeux, d'un bleu gris étrange, balayaient les nouveaux venus sans savoir où se fixer.

— Ma Dame, permettez-moi de vous présenter les envoyés de l'empereur Karl.

Elle inclina la tête et les jaugea un à un, d'un regard perçant.

— Ma Dame, entama Otto, une main sur le cœur, je vous salue au nom de Karl, quatrième du nom, empereur des Romains. Je m'appelle Otto, je suis à votre service. Ma consœur, il attrapa Génovéfa par le poignet et la poussa en avant. Génovéfa, dont les talents nous seront d'une grande aide, l'est également. Nous sommes tous deux membres du Conclave.

Si le mage avait souhaité faire forte impression, il en fut pour ses frais, car la comtesse ne lui montra pas plus d'intérêt qu'aux autres. Elle s'avança, lui tendit sa main d'autorité pour qu'il la baisât et reporta vite son attention sur Albrecht et Sarah.

— Ces deux-là ne sont-ils pas un peu jeunes ?

— Certes, ma Dame, continua le magicien qui s'octroyait le rôle de porte-parole, mais ils sont très doués. Leur admission à l'Academia voilà un an en témoigne.

— Fort bien. Et vous ?

Thomassin s'avança, bien décidé à ne pas laisser à Otto le plaisir de donner ses états de service comme avec les autres.

— Je ne suis qu'un humble chien de chasse, ma Dame, je me nomme Thomassin Von Knochen.

— Un chien de chasse... ce pourrait être le rôle le plus important, vu ce pour quoi vous êtes ici. Bien, je suis quant à moi, vous vous en doutez, la châtelaine douairière de Roztemberg et me nomme Zofia. J'administre le domaine jusqu'à la majorité révolue de mon fils, elle tendit la main vers le garçon. Ce qui devrait advenir l'année prochaine. Dis bonjour, Vaclav.

Ce dernier, les joues rougies par la honte, murmura un salut à peine audible. Le chasseur lui sourit, il lui rappelait vaguement Albrecht, si le novice avait passé plus de temps à se frotter à la quintaine[23] plutôt que penché sur les évangiles. Génovéfa lui adressa son plus beau sourire, doublé d'une œillade qui démontrait qu'elle n'était pas insensible à ses charmes. Un pincement désagréable ébranla l'estomac du limier. Il se demanda s'il éprouvait de la jalousie à l'égard du jeune comte. Probablement pas, mais l'éclat joueur dans le regard de la mageresse le contrariait plus qu'il ne voulait l'admettre.

— Maître Jan nous entretenait du dernier forfait commis par... eh bien, par on ne sait qui, acheva Otto, la mine déconfite.

— Tout ceci est fort fâcheux, soupira Dame Zofia alors qu'elle s'asseyait dans un immense fauteuil dont les accoudoirs étaient sculptés de têtes de loup. Voilà presque six mois que ces meurtres perturbent nos gens et entravent nos affaires, c'est insupportable.

Six mois. Thomassin effectua un rapide calcul. Il était envisageable que Conquête ait, de près ou de loin, quelque chose à voir avec ce qui se tramait à Roztemberg. Il avait pu gagner la contrée, se terrer un moment pour se faire oublier, avant de se lancer à nouveau dans quelque obscur dessein. Quel dommage que les enfants n'aient pu terminer la traduction de son maudit manuscrit ! Ils avançaient dans le brouillard, ce qui lui déplaisait fortement.

— Nos serfs les plus fidèles désertent le château et s'en vont chercher meilleure fortune ailleurs. Ils préfèrent affronter la pestilence qui rôde encore sur les chemins plutôt que de demeurer ici. Quant aux autres... le travail à la mine est quasiment à l'arrêt, ils ont trop peur de se rendre dans la montagne. Ils nous reprochent de ne pas agir en conséquence pour mettre un terme définitif à cette situation.

---

[23] Jeu d'adresse consistant pour un chevalier à percuter avec sa lance tendue le bouclier d'un mannequin surmontant un mât fixe ou rotatif.

Chaque jour qui passe, nous perdons un peu plus notre autorité envers eux.

— Surtout, si je puis me permettre, intervint le limier, que votre prêtre semble souffler sur des braises déjà bien ardentes...

— Vous avez remarqué ? prononça-t-elle avec un sourire ironique, Petr n'est pas celui qui était en charge des âmes de notre paroisse. Il l'est devenu à la mort de notre précédent ministre du culte.

Un éclair se fit dans l'esprit du chasseur, mais ce fut Albrecht qui le devança :

— Et quand votre prêtre vous a-t-il quitté, Dame Zofia, si je puis vous poser cette question ?

— Oh, je ne saurais le dire... Jan ? Vous vous souvenez ?

— Fort bien. C'était il y a six mois, le premier des malheureux à se retrouver morti de la sorte.

Le novice adressa un sourire en coin à Thomassin, avant de reprendre :

— Ne trouvez-vous pas cela étrange ? Pour ma part, je pense au contraire que nous tenons ici un début de piste. Ce Petr m'a tout l'air d'un ambitieux et d'un fanatique. Il peut avoir œuvré dans l'ombre pour saisir la place qu'il estimait lui revenir de droit.

Les yeux de la comtesse s'écarquillèrent et elle posa un regard neuf et admiratif sur le novice.

— Je vous ai mal jugé, pardonnez-moi, vous êtes vif d'esprit, jeune homme. Vous nous serez, je l'espère, d'un grand secours. Toutefois, si Petr est à l'origine de cette mort, pourquoi poursuivre une fois la chaire obtenue ?

— Il est parfois aisé de dissimuler un meurtre particulier au milieu de nombreux morts. Preuve en est que vous ne vous étiez pas posé la question jusqu'alors. Il peut aussi souhaiter continuer d'instiller la peur dans le cœur de vos gens et les tourner contre vous.

— Grand dieu, mais pourquoi ? Je n'ai pas souvenir de l'avoir maltraité.

— Ce ne sont que conjectures pour l'instant, ma Dame,
mais j'estime cela suffisant pour que nous cherchions de ce
côté-là.

Chapitre XII

De puella a lupellis servata[24]

Jan ouvrit une porte de bois pour laisser Thomassin pénétrer dans la pièce.

— Voilà, vous êtes le dernier, c'était la chambrée de notre porteur d'eau et de sa famille. Elle est plutôt modeste, mais très chaude.

— J'ai connu bien pire, rassurez-vous. Je suis déjà heureux de pouvoir profiter seul d'une chambre. La vie en communauté est parfois... pesante.

L'intendant hocha la tête.

— Matilda passera vous amener une cuvette et des linges, quand elle aura terminé de s'occuper des femmes. Vous nous excuserez, mais le service est désormais limité à elle et sa jeune sœur, leur mère en cuisine, leur père aux écuries et moi-même... Des lenteurs sont à prévoir, j'en ai bien peur.

Thomassin l'assura que cela n'avait aucune sorte d'importance et, dès que Jan eut franchi le seuil, il poussa un profond soupir avant de s'asseoir sur le lit. C'était un meuble immense, tout de bois noir, fermé par des tentures

---

[24] *La Petite Fille épargnée par les loups.* Titre d'une fable d'Egbert de Liège, dans son recueil *Fecunda ratis*, rédigé au Xe siècle, et la plus ancienne version écrite du célèbre conte *Le Petit Chaperon rouge.*

épaisses pour se préserver du froid. La couche était plutôt moelleuse. Et propre avec ça, aucun signe de vermine ou de punaises. Il déballa ses maigres effets, vérifiant au passage le fil de ses lames bénites. Tout en se remémorant ses derniers combats, il passa un chiffon sur leur tranchant puis les enveloppa avec soin. Mieux valait se tenir prêt, car quelque chose lui disait qu'il en aurait besoin plus vite qu'il ne le pensait. Il terminait à peine lorsque l'on frappa à l'huis.

— Entrez !

— C'est moi, annonça timidement Albrecht à travers le bois clair. Otto te demande de venir dans sa chambre.

Le chasseur le rejoignit en bougonnant. Pas moyen de rester tranquille un moment avec ce mage dans les pattes !

À l'autre extrémité du couloir, Sarah quittait elle aussi la pièce qui lui avait été allouée. Elle pressa le pas pour regagner la coursive où se trouvaient les appartements d'Otto. Génovéfa lui avait raconté leur malaventure de Drnò, ce qui l'avait effrayée. Sans savoir pourquoi, elle se sentait troublée dans cette bâtisse isolée dans les brumes. Un mince filet de lumière perçait à travers le nuage au-dehors, que le verre dépoli filtrait pour restituer une lueur glauque et livide. Elle tourna un peu vite à l'angle suivant et heurta un obstacle dur. De larges mains enserrèrent ses hanches, lui évitant de justesse une violente chute sur le parquet. Étourdie, elle releva la tête pour apercevoir le charmant visage de Vaclav penché sur elle.

— Tout va bien ? prononça-t-il d'une voix chaude, légèrement gutturale.

Un spasme de terreur pure inonda les veines de la jeune fille et elle recula comme si le contact du garçon la brûlait. Elle tordit ses mains devant l'irrationalité de sa réaction. Malgré son air aimable et le fait qu'il venait de l'empêcher de se blesser, elle devait se rendre à l'évidence : il lui inspirait une crainte sans nom. Une peur viscérale, absurde, issue du fond de ses entrailles. Tout son être lui hurlait de se tenir éloignée le plus possible du jeune homme, alors qu'ils n'avaient même pas échangé une parole.

— Mille excuses, je ne voulais pas vous mettre mal à l'aise ni... vous effrayer énonça-t-il, un air peiné sur ses traits veloutés.

— Je... c'est moi qui vous dois des excuses, parvint-elle à articuler. J'ai été surprise, voilà tout. Cela m'apprendra à regarder où je marche !

Elle esquissa un sourire pour le réconforter, mais seule une grimace se peignit sur ses lèvres encore tremblantes.

— Le donjon n'est pas grand, vous vous habituerez vite, tenta-t-il, je vais vous laisser.

— Je vous remercie pour votre galant geste, Messire, et vous abandonne également, on m'attend, crut-elle bon d'ajouter, comme si cela lui donnait une quelconque assurance.

Vaclav lui adressa une révérence étudiée, avant de disparaître dans la coursive d'un pas souple de prédateur. Elle réprima un frisson et rejoignit les autres.

— Albrecht a levé un lièvre intéressant, mais il va être délicat de nous rapprocher de ce prêtre dissident... déclara Otto. Toutes les idées sont les bienvenues. J'estime que nous sommes en capacité de démêler cette affaire au plus vite et de rentrer à Prague triomphants.

Thomassin hocha la tête, tout en se demandant ce que le Conclave avait bien pu promettre au mage pour que ce dernier ait envie d'en finir si vite. La précipitation lui ressemblait bien, mais il n'était pas homme à faire quoi que ce soit pour la gloire.

— Je ne crois pas que les choses soient aussi simples, intervint le novice. Ce Petr est sans doute lié aux événements, mais reste à comprendre de quelle façon. De même, je ne pense pas qu'il soit le seul à orchestrer ces meurtres.

— Qu'est-ce qui te fait dire cela, Albrecht ? questionna le limier.

— Tu l'as vu comme moi, ce château est très étrange. L'iconographie et les symboles parlent d'eux-mêmes, et le prêtre, aussi corrompu soit-il, le sait et s'en sert. Je suis d'avis que les Roztemberg dissimulent certains faits, ou sont plus impliqués qu'ils ne l'avouent.

— Je suis d'accord avec Albrecht, renchérit Sarah, j'ai un mauvais pressentiment en ce qui concerne ce Vaclav.

Les regards interrogatifs qui se tournèrent vers elle la firent rougir.

— Que veux-tu dire ? questionna le jeune garçon, un air préoccupé surgissant sur son visage rond.

— Eh bien, je viens de le croiser, par hasard. Il m'a fait un drôle d'effet. Comme si... comme s'il rôdait dans les couloirs ? Je ne sais pas l'expliquer, mais je ne l'aime pas.

Dans un geste compulsif qui trahissait toujours son angoisse, elle frotta derechef ses mains l'une contre l'autre. Albrecht se rapprocha et leurs épaules se frôlèrent. Quand il déposa un baiser furtif dans ses cheveux, elle lui sourit avec reconnaissance.

— J'ai du mal à l'imaginer, déclara Génovéfa. Il est très bien fait de sa personne et m'a paru plutôt timide. Je ne le vois pas se transformer en espion ou en meurtrier.

— Peut-être pas, mais le plus doux des visages peut dissimuler la plus noire des âmes, répondit doctement le novice. Je me fie au ressenti de Sarah, mais aussi à mon intuition. Il y a ici une atmosphère de mensonges et de duplicité, laquelle ne repose pas seulement sur les circonstances ou sur l'attitude du prêtre. Demeurons vigilants, même en ces murs.

— Fort bien, renchérit Otto, mais n'oublions pas notre mission première : nous sommes ici pour aider le comte et la comtesse. Et c'est ce que nous ferons, reste à savoir comment.

— Vous me connaissez, entama Thomassin, je me range rarement à l'avis d'Otto, mais l'empereur a été clair. Notre rôle est de faire en sorte que l'affaire soit résolue et que les

Roztemberg voient leurs titre et suzeraineté affermis sur leurs terres. Qu'ils cachent quelque chose ne change rien à la donne. C'est au village que nous devons enquêter pour commencer.

— L'intendant paraît posséder un esprit méthodique, je vais lui demander de m'octroyer l'accès aux registres de tailles et de compoix[25], ainsi qu'à ses notes. Je devrais y trouver des informations intéressantes sur le nombre de morts et leurs occurrences. Vous devriez descendre et poser quelques questions au prêtre, mais par pitié, sans le contraindre par la force. Je pense que Génovéfa aura plus de chance d'obtenir des réponses. Vous deux... pardonnez-moi, mais vous risquez à la fois de l'effrayer et de le braquer.

Thomassin dut se rendre à l'évidence : Albrecht parlait d'or. Il se félicita intérieurement de l'affirmation dont faisait preuve le jeune novice. Les épreuves avaient fini par forger son caractère. Il défendait mieux ses positions et ses idées, sans attendre toujours son approbation.

— Je servirai avec plaisir d'escorte à Dame Génovéfa, déclara-t-il.

— Bien, acheva Otto, nous descendrons demain matin à la première heure.

Alors que les deux jeunes gens sortaient de la pièce pour trouver maître Jan, la mageresse rattrapa le chasseur.

— Puisque vous devez me tenir lieu de chevalier servant, autant commencer tout de suite, voulez-vous ? lui susurra-t-elle avec un air entendu. Ramenez-moi donc à ma chambrée.

Il lut dans les prunelles émeraude de la jeune femme une promesse qu'il brûlait de recevoir. Il passa élégamment son bras sous le sien, puis ils gagnèrent le couloir.

---

[25] La taille est un impôt seigneurial prélevé sur les serfs, en échange de la protection du seigneur. Les compoix sont des registres apparentés au cadastre.

La promenade fut cependant de courte durée. Le bois clair de la porte cloutée s'éleva devant eux bien trop vite à son goût.

— Vous voilà à demeure, ma Dame, soupira-t-il. Le trajet s'est effectué sans encombre.

— C'est vrai, malgré sa brièveté. Je souhaite mettre cela à votre crédit et pour tout dire, cela mérite une récompense.

Sans qu'il puisse esquisser le moindre geste, Thomassin se retrouva plaqué contre le mur, les courbes voluptueuses de Génovéfa épousant son corps. Entreprenantes, les mains de la magicienne remontèrent contre son torse, emprisonnèrent sa nuque et attirèrent son visage tout contre le sien. Il huma ses lèvres au parfum de rose, qui effleurèrent les siennes avec douceur. Le chasseur fut incapable de retenir son désir plus longtemps. Il saisit son menton dans sa paume, tandis que leurs bouches se scellaient en un baiser d'abord timide qui se mua vite en une caresse enflammée. Elle répondit à son ardeur avec la même fougue et Thomassin sentit qu'il perdait pied. Lorsqu'ils se détachèrent enfin, un feu secret couvait dans son regard vert. Elle l'entraîna vers la porte sans même se retourner. L'obscurité de la chambre allait les engloutir quand une toux discrète les fit se tourner vers la coursive.

— Pardonnez-moi de vous déranger, je suis confus, mais... ma mère vous fait dire que le dîner est servi, prononça Vaclav, écarlate jusqu'aux oreilles.

Il s'éclipsa vivement. Thomassin jura dans sa courte barbe en le regardant s'éloigner.

— Le destin est contre nous, dirait-on, pouffa Génovéfa. Ne faites pas cette tête, nous reprendrons là où nous nous sommes arrêtés dès ce soir, si vous le souhaitez.

— Si personne ne nous interrompt encore. Mais quelque chose me dit que ce ne sera pas pour tout de suite.

— Et pourquoi cela ?

— Sarah a raison, ce jeune homme furète trop dans les coins pour être honnête. Une petite visite complète du château s'impose. Pour cela, rien ne vaut le couvert de la nuit.

Il embrassa avec ferveur sa main potelée, avant de la quitter. Elle resta un instant le dos contre le bois, la respiration entrecoupée, jouissant encore un peu du fantôme du corps du limier contre le sien.

Un croissant de lune pâle se découpait sur le ciel clair, aussi fin qu'une lame d'acier. Thomassin replaça ses épées à ses ceintures, ajusta son gambison[26] et jeta un regard de regret à sa couche, dont l'appel se faisait sentir. Pas de nuit de repos pour lui. Il se glissa à l'extérieur de la chambre avec la discrétion d'un chat. Les torches dispensaient une lueur étouffée dans les couloirs du donjon. Il longea les coursives furtivement, se dissimulant dans les ombres. Il ne savait pas trop ce qu'il cherchait, mais son instinct lui dictait que cette patrouille ne serait pas inutile. Un petit tiraillement l'assaillit lorsqu'il frôla la porte de Génovéfa. Il hésita un bref instant, avant de continuer sa route, le goût de la belle encore sur ses lèvres. Il s'arrêta devant l'escalier. Quel chemin prendre ? Monter vers les appartements du comte et de la comtesse ? Descendre vers la grande salle ? Un bruit sourd en contrebas acheva de le décider. Il descendit avec précaution sur les premiers degrés. Il priait pour ne pas se retrouver nez à nez avec la jeune Matilda ou sa sœur, qui devaient terminer leur service, car il ne pourrait pas les éviter. Il parvint au bas des marches et se dissimula derrière l'une des colonnes à chapiteau qui s'élançaient vers le plafond voûté. Le son mystérieux retentit de nouveau. Il comprit qu'il s'agissait d'une porte qui tournait sur ses gonds et

---

[26] Ou jaque, sorte de veste matelassée servant de protection lors d'un combat.

se dirigea dans l'obscurité épaisse du rez-de-chaussée vers la source du bruit. Dans les ombres de la nuit qui se découpaient sur les hautes fenêtres en ogives, les faciès de loups qui décoraient la salle se transformaient en créatures fantastiques, hideuses. Drôles de parures pour une famille si noble. Ses pas le menèrent en contrebas, vers les cuisines situées sur l'arrière du castel. Un chuchotement lui parvint, une voix. Il se dirigea vers le foyer massif et s'accroupit, retenant sa respiration.

Maître Jan se tenait près de la porte entrouverte. Il semblait parler à quelqu'un qui se trouvait au-dehors, avec un ton qui se voulait apaisant. Il murmurait si bas que Thomassin ne saisissait pas un traître mot de ce qu'il disait. Enfin, l'intendant referma la porte et se baissa pour ramasser une pile de vêtements. Le limier se recroquevilla encore plus sur lui-même, tandis que l'homme passait à quelques coudées de lui. Il reconnut alors l'éclat de fils d'argent cousus sur une sorte de veste longue. Lorsque le son des pas de Jan disparut, il patienta avant de se redresser et de courir vers la porte. Il l'ouvrit avec précaution et les ténèbres extérieures happèrent son regard. Rien. Il ne distinguait rien dans l'épais voile de la nuit, aucune trace. Alors qu'il refermait l'huis en pestant contre lui-même, un hurlement déchira le silence opaque. Un cri bestial, sauvage et surtout proche. Un cri qu'il aurait reconnu entre mille : celui d'un loup.

Chapitre XIII

Dies Irae[27]

Le soleil avait décidé de faire son grand retour sur la contrée, éclaboussant les ornières et les chemins. Pleins d'allant, Génovéfa, pendue au bras de Thomassin flanqué d'Otto, joignirent le village. Une corneille, posée à l'aplomb d'une croix de bois plantée dans la terre meuble, croassa de façon sinistre lorsqu'ils atteignirent l'église.

— Quel accueil ! lança la magicienne. Ce bourg est des plus charmants. Je propose que nous nous dispersions, déclara-t-elle aux deux hommes. Je m'occupe du prêtre. Vous, cherchez donc dans le coin, interrogez les habitants, rendez-vous utile pendant ce temps. Pas la peine de s'y mettre à trois, il pourrait mal le prendre.

Thomassin allait protester, mais Otto se détourna aussitôt de sa consœur pour se diriger vers les premières maisons. Le limier pesta, le mage ne brillait pas par son amabilité, surtout envers les gens qu'il considérait comme inférieurs. S'il s'adressait aux serfs avec son mépris habituel, nul doute qu'il serait impossible d'en tirer quoi que ce soit.

— Allez-y, vous et moi savons qu'il est nécessaire qu'Otto reste sous surveillance. Cela nous évitera de rentrer au castel sous les huées. Je me débrouillerai, ne vous

---

[27] Jour de colère.

en faites pas. Retrouvons-nous ici pour sexte[28], la matinée devrait nous suffire à glaner quelques éléments intéressants.

À regret, le chasseur s'élança à la suite du mage, alors que Génovéfa disparaissait dans l'église.

L'obscurité du petit édifice lui fit plisser les yeux. Elle s'avança vers le bénitier et trempa ses doigts dans l'eau froide, avant de se signer, par pur réflexe. Enfant, elle avait toujours aimé accompagner ses parents aux messes. Le rituel, le parfum des encens, la vie des saints, du Christ, la fascinaient alors. Elle rêvait, tout en écoutant la liturgie, des paysages de terre sainte. Les paroles des évangiles lui semblaient comme autant d'histoires incroyables, empreintes de magie. Pour ses dix ans, la nature lui avait offert un présent : ses dons s'étaient soudain éveillés. Sa capacité à comprendre les cycles des saisons, sa maîtrise des plantes, son lien viscéral à la terre avaient inondé ses yeux et ses mains. En un clin d'œil, son existence avait basculé et Dieu n'avait plus semblé aussi tout puissant que cela. Elle secoua la tête et s'approcha du chœur. L'écho de ses pas qui résonnaient dans l'église vide ne tarda pas à faire sortir Petr de sa sacristie.

Elle nota son air enfiévré, ses pupilles rougies, son agitation singulière. Il se frottait nerveusement la base du cou, sous le col de sa robe rêche. Portait-il un cilice[29] pour fustiger sa chair ?

—Je ne crois pas que vous soyez membre de ma paroisse. Que venez-vous faire en ces lieux ? entama-t-il d'un ton hostile.

— Me recueillir un moment loin du tumulte du monde, comme tout chrétien. Je me présente, mon nom est Génovéfa. Je suis envoyée par l'Empereur Karl, avec mes

---

[28] Prière de la sixième heure du jour dans les heures canoniales, soit vers midi.

[29] Vêtement d'étoffe très rêche, chemise ou ceinture, portée pour faire pénitence.

compagnons, pour vous aider à faire la lumière sur la calamité qui s'abat sur votre hameau. Ne prenez pas cet air dubitatif, *monseigneur,* dit-elle en appuyant sur le terme. Son Altesse est fort préoccupée par le mal qui vous ronge et ne sera en paix que quand ces terribles meurtres auront cessé.

Ses yeux étrécis détaillèrent la mageresse de haut en bas, il renifla devant la qualité de ses vêtements et la finesse de la fibule qui ornait son manteau.

— La contrition et la tempérance ne paraissent pas de vos vertus premières...

— Est-il juste, mon père, de juger autrui à sa simple apparence ?

— Les biens terrestres ne sont rien face à la colère de Dieu ! La pestilence nous le prouve chaque jour. La vanité, comme la gourmandise ou la luxure, devrait figurer au rang des plus grands péchés de notre humanité ! Je doute que des personnages tels que vous, ou l'empereur, puissent s'intéresser au sort de notre pauvre communauté. Nos seigneurs eux-mêmes nous laissent égorger et larder. Je ne vois pas en quoi des étrangers, nobles et riches, seraient plus à même de nous aider.

— Un œil extérieur et sans complaisance peut apporter un éclairage nouveau, l'apaisa-t-elle.

— Sans complaisance ? ironisa le prêtre. Vous logez pourtant au castel, chez le comte et la comtesse, faites gras en partageant leur table. Vous vous réchauffez à leur feu, profitez de leurs largesses. Vous ne me convaincrez pas de votre impartialité !

Cet abbé avait la langue bien pendue, et le doute n'était plus permis : une haine brûlante envers les seigneurs des lieux l'habitait. Génovéfa décida de sortir une carte de sa manche.

— Croyez-vous ? Si notre désintérêt pour les paysans était tel que vous le décrivez, nous ne nous donnerions pas la peine de descendre jusqu'ici. Au contraire, nous aurions profité de la bonté de nos hôtes. Nous serions plutôt restés à nous chauffer auprès du foyer, à attendre que la situation se résolve d'elle-même ! Réfléchissez donc... L'empereur aurait-il dépêché deux de ses plus grands mages en cette contrée reculée, si le sort de vos paroissiens lui était indifférent ?

Elle se mordit l'intérieur des joues devant l'air furieux qui se peignait sur le visage de Petr, comprenant un peu tard qu'elle venait de commettre une belle erreur. Le prêtre faisait partie de ceux qui, parmi sa caste, détestaient les magiciens.

— Un mage... Vous êtes membres de cette engeance qui s'octroie les pouvoirs réservés au Christ ! Comment osez-vous poser un pied dans cette enceinte sacrée ?

— Je suis baptisée et fille de l'Église. Allons, mon père, je ne suis venue que pour vous aider, ne peut-on trouver un moyen de collaborer, pour le bien de votre paroisse ?

— Jamais ! Jamais, tant que je serai le guide des consciences ici, je ne me fourvoierai avec ceux de votre espèce ! Vous vous croyez tout puissants, intouchables, vous vivez au-dessus des lois de ce monde et du Seigneur... Mais, Dieu en soit loué, votre hégémonie ne tardera pas à prendre fin ! Un plus grand fléau encore s'annonce, envoyé par le Ciel et les ténèbres de l'enfer, et il signera votre damnation !

Les yeux exorbités, les mains en avant comme des serres de rapaces, le prêtre déroulait sa litanie d'apocalypse sans même s'en rendre compte. Elle fit un pas en arrière, prête à se défendre s'il venait à se jeter sur elle. Elle n'en eut pas besoin, il se calma aussi vite qu'il s'était enflammé, lui adressant un regard de pure haine.

— Quittez-moi ! Ne remettez pas les pieds ici et faites bien la leçon à vos semblables. Les magiciens et sorciers ne sont pas les bienvenus, pas plus que les émissaires de l'empereur et les châtelains ! Nous serons bientôt libres du joug de la servitude qui pèse sur nous. Sortez !

Génovéfa prit une grande inspiration, afficha l'air le plus outré qu'elle pouvait, avant de se draper dans son mantel et de gagner la sortie. Elle jeta un coup d'œil à Petr qui refluait vers sa sacristie en marmonnant dans le vide. Elle n'avait certes pas obtenu les informations désirées, mais au moins, l'hostilité du prêtre n'était plus une simple impression. Ce dernier semblait en vouloir non seulement aux seigneurs, mais à tous ceux qui, de près ou de loin, appartenaient aux arcanes du pouvoir.

Elle retrouva avec plaisir l'air frais du dehors et le beau ciel d'automne dans lequel un rapace traçait des cercles gracieux. Alors qu'elle achevait de descendre de la butte escarpée sur laquelle l'église trônait, des éclats de voix lui parvinrent de derrière les masures. Elle releva ses jupes et se précipita vers l'origine des cris, pour découvrir Otto et un paysan massif en train de s'invectiver vertement. Thomassin, paume sur la garde de ses épées, se tenait en retrait l'air menaçant.

— Mais enfin... que se passe-t-il ici ?

— Je me dois de défendre Otto pour la circonstance. Nous avons à peine eu le temps de frapper à l'huis de la première maison que ces vilains nous ont pris à parti !

Quatre hommes les encerclaient. Celui qui s'attaquait au mage dans un langage fleuri faisait une bonne tête de plus que tous les autres. Mains sur les hanches, il postillonnait à la face d'Otto, qui reculait en grimaçant.

— On veut pas d'vous ici ! Et on veut point vous causer ! Z'êtes de mèche avec not'comte !

— Puisque je vous dis que nous venons de la part de l'empereur ! Êtes-vous idiot ?

— Peu nous chaut ! Si vous venez pour nous faire descendre dans cette maudite mine, c'est tout net qu'on vous dira non !

— Allons, allons, tenta Génovéfa, calmez-vous, Messires. Quel spectacle pour vos femmes et vos enfants, dit-elle en tendant la main vers les seuils de maisonnées où les familles s'amassaient pour assister à l'altercation.

Ce mouvement eut pour effet de faire reculer le jeune portefaix, qui dardait toujours ses pupilles fulminantes sur le mage.

— Personne ne vous forcera à faire quoi que ce soit. Mon confrère dit vrai, continua-t-elle. Nous sommes venus sur ordre de Son Altesse Impériale pour vous aider ! Il nous a demandé de mettre un terme aux meurtres qui ensanglantent votre village et de faire la lumière sur l'origine de ces forfaits.

— On la connaît, l'origine, cracha l'autre, c'pas la peine de venir de si loin pour ça !

— Quiconque détient des informations sur ce qui se passe ici doit nous en faire part ! Songez que toute dissimulation vous place non seulement sous l'œil du Seigneur, mais aussi sous la haute justice de l'empereur... menaça-t-elle. Oui, cette affaire aujourd'hui concerne le Saint Empire, notre présence le prouve. Entraver notre volonté, c'est se dresser contre Son Altesse Impériale, Karl le quatrième ! Réfléchissez bien...

À ces mots, la clameur se tut instantanément. Les plus virulents reculèrent de quelques pas tandis qu'une saine crainte se peignait sur les visages des autres villageois. Seul celui qui avait parlé pour tous les autres les toisait encore, les poings serrés. Génovéfa s'en félicita et poussa son avantage plus loin.

— Je vais vous dire mieux... Quiconque viendra nous trouver avec un renseignement, même le plus infime, s'en verra récompensé. La moindre information nous est utile, et le messager recevra un florin !

Elle joignit le geste à la parole et sortit de sa bourse une pièce d'or, qui alluma des lumières de convoitise dans les pupilles des serfs.

— Retirons-nous, indiqua-t-elle à ses compagnons, nous n'en tirerons rien de plus.

— Fort bien, approuva Thomassin, avez-vous pu vous entretenir avec le prêtre ?

— Oui et non... sourit-elle. Venez, je vous raconterai tout quand nous serons rentrés, inutile de les provoquer.

Parvenus au castel, le chasseur délaissa les deux mages pour partir à la recherche d'Albrecht. Il le découvrit dans une petite pièce qui servait de bureau à l'intendant. Sur une solide table, des rouleaux de parchemin accompagnés de deux registres reliés de cuir attendaient que l'on en déchiffre l'écriture serrée.

Le novice était penché sur un troisième volume, encore plus gros, tandis que d'autres manuscrits et papyrus gisaient dans des paniers à même le sol.

— Tu trouves quelque chose ?

Le jeune garçon sursauta.

— Vous êtes déjà de retour ? commenta-t-il, surpris. Et pour répondre à ta question : oui et non...

— J'ai trop entendu cela pour aujourd'hui, grommela le chasseur, rejoins-nous donc chez Otto et laisse tomber ces papiers pour l'instant.

Le novice referma le livre à regret et lui emboîta le pas.

— Ce Petr est empli de haine comme une outre, exposait Génovéfa aux deux autres. Si nous ne faisons rien, il explosera et ce seront les châtelains qui en feront les frais.

— Le village entier semble avoir développé une hostilité profonde à l'égard de ses suzerains. Ils n'ont pourtant pas l'air de tyrans. Certes, le travail de la mine est difficile, mais en règle générale, les serfs qui y œuvrent jouissent de privilèges. C'est à n'y rien comprendre, avoua Otto. Les maisons sont bien entretenues, les fenaisons faites, la nourriture ne manque point et la pestilence se tient à bonne distance ! Je ne saisis pas ce qui les pousse à cette détestation.

— Je n'ai pas trouvé plus d'explications, renchérit Albrecht. Les registres contiennent le détail des décès survenus ces derniers mois, et nous en sommes déjà à quatre, ce qui est une surmortalité inhabituelle pour cet endroit ! Je comprends l'inquiétude des serfs.

— De là à rendre leurs seigneurs responsables de leur sort, il y a un fossé !

— Tu as raison, Thomassin. Je suis remonté dans le temps grâce aux livres de tailles, qui m'ont tout de même appris quelque chose. Ce n'est pas la première fois que de tels meurtres se produisent ici.

Quatre paires d'yeux inquisiteurs se tournèrent avec attention vers le jeune novice qui leur adressa un sourire énigmatique.

— Il y a de cela une vingtaine d'années, lorsque Dame Zofia et son époux, le comte Venceslas, ont célébré leurs épousailles, un jeune page et une pucelette ont été retrouvés éviscérés. Cela s'est passé durant leur nuit de noces. Un loup de belle taille a été incriminé. Curieusement, aucune chasse n'a été ordonnée par les maîtres des lieux...

— Voilà qui est étrange, commenta Thomassin. Tout seigneur dont les serfs seraient attaqués par des prédateurs, même si c'est fort rare, se devrait de les protéger et d'organiser une battue.

— Vous ne trouvez pas, lança Sarah, qu'il commence à y avoir beaucoup de loups en cette affaire ?

— Trop, même, renchérit le chasseur. Hier soir, aux cuisines, j'ai surpris maître Jan. Il parlait avec une personne qui se tenait au-dehors, mais je n'ai pu distinguer ce qu'il lui disait. Son entretien a tourné court, et quand je me suis rendu moi-même à l'extérieur, il n'y avait personne. En revanche...

Il marqua une pause.

— Un loup hurlait à la lune...

Un silence circonspect accueillit cette révélation et tous se jetèrent des regards entendus.

C'est alors que la porte s'ouvrit à la volée sur ledit Jan, la moustache en bataille, un air affolé sur ses traits habituellement stoïques.

— Mes Dames, Messires, ma maîtresse souhaite vous voir urgemment dans la grande salle.

Ils se levèrent d'un bond, les sens en alerte et les visages concernés.

— Que se passe-t-il donc ? demanda Thomassin

— Maître Vaclav a disparu. Nous craignons qu'il ne lui soit arrivé malheur.

Chapitre XIV

Homo homini lupus[30]

—Comment cela, disparu ? s'exclama Thomassin d'un air rogue.

Tous se tenaient rassemblés dans la salle d'apparat, attendant que la comtesse leur offre des explications.

— Il n'est pas au château, expliqua Dame Zofia dont le visage avait la pâleur de la neige en hiver. Je l'ai fait chercher partout.

— Je ne vois pas en quoi cela vous inquiète, votre fils sera bientôt majeur et en âge de gouverner votre domaine. Il est peut-être sorti prendre l'air.

— Vous ne connaissez pas Vaclav. Il ne sort pas prendre l'air, comme vous dites. Il ne franchit jamais l'enceinte du castel, encore moins en ce moment.

— En effet, j'ai cru comprendre que vous rendre au village n'était pas la meilleure des idées, intervint Génovéfa. Toutefois, il ne me paraît pas y avoir lieu de s'inquiéter. Il rend sans doute visite à une pucelette et vous ne le savez point. Après tout, quoi de plus normal pour un jeune homme, noble, de surcroît. Ce ne sera ni le premier ni le dernier.

Un air outragé se peignit sur les traits de Zofia.

---

[30] L'homme est un loup pour l'homme.

— Mon fils n'est pas ainsi !

— C'est ce que disent toutes les mères du monde, fulmina la mageresse. Jusqu'à ce que ledit rejeton engrosse la première fille de ferme venue !

Elle croisa les bras devant elle, toisant l'assemblée pour les mettre au défi de la contredire. Elle en savait long sur le sujet. Même au sein de l'Academia, elle avait souvent assisté à ce genre de rendez-vous secret. Lorsqu'ils étaient consentis, elle ne trouvait rien à y redire. Mais elle connaissait trop les abus et les violences subies par les jeunes filles de toute condition pour demeurer de marbre face à l'aveuglement de la comtesse.

— Vous ne comprenez pas, les yeux de Zofia roulèrent de Thomassin à Otto, comme si elle cherchait en eux un soutien. Je sais que mon fils a disparu. C'est... Vous devez m'aider et le retrouver, cela fait partie de la mission confiée par l'empereur ! S'il lui arrive malheur...

Elle ne put achever sa phrase, l'inquiétude enrailla sa voix. Elle baissa la tête et tamponna ses paupières à l'aide d'un mouchoir de dentelles fines, dont la broderie reproduisait les armes des Roztemberg. Le cœur de Thomassin s'emplit un bref instant de compassion pour la mère éplorée. Si elle disait vrai, cette situation était fort fâcheuse. L'empereur avait été très clair au sujet de cette famille. Il devait les aider à maintenir leur autorité sur ces terres, car il nourrissait des ambitions pour le jeune Vaclav, dernier héritier de sa lignée. Ambitions qui pourraient bien se voir remises en cause si on le retrouvait les tripes à l'air !

— Bien, déclara-t-il. Nous allons chercher votre cher rejeton et vous le ramener, qu'il se trouve entre les cuisses d'une serve accorte ou ailleurs.

— Grand merci, Messire Von Knochen !

Zofia joignit les mains devant elle pour le remercier, mais le chasseur l'arrêta d'un geste vif.

— Ça ne sera pas gratuit ! Depuis notre arrivée, nous savons que vous nous dissimulez des choses. Vous ne nous dites pas toute la vérité et cela nous empêche de comprendre les rouages de la machination qui se tisse entre vous et le village. Sitôt que nous aurons trouvé et ramené Vaclav en ces murs, vous devrez tout nous expliquer et ne plus rien nous déguiser. Et quand je dis tout, c'est tout ! Est-ce clair ?

La comtesse laissa échapper un long soupir avant de planter son regard dans celui de Thomassin. Le limier esquissa un sourire. Il en fallait beaucoup pour impressionner cette femme. Toucher à son enfant était le plus sûr moyen d'obtenir ce que l'on voulait d'elle.

— C'est entendu, laissa-t-elle tomber froidement, trouvez-le avant le coucher du soleil et je vous dirai tout.

Satisfait, le chasseur frappa dans ses mains et rassembla sa petite troupe.

— Parfait ! Il ne nous reste que peu de temps avant que la nuit arrive, nous devons donc nous dépêcher. Je propose que nous nous séparions. J'irai avec Dame Génovéfa au village poser quelques questions. Otto, Albrecht et Sarah, dirigez-vous vers la mine, à travers la forêt. Nous vous y rejoindrons dès que nous aurons terminé, ou si nous apprenons quelque chose.

Ils revêtaient leurs manteaux lorsque trois coups retentirent sur le bois dur de l'immense porte du castel. Ils se figèrent instantanément, tandis que maître Jan se précipitait dans la salle de garde pour ouvrir, tout le monde sur ses talons.

Une petite silhouette, enroulée dans un mantel trop large dont les pans léchaient le sol humide, pénétra dans la vaste salle. Elle rejeta sa capuche en arrière pour dévoiler le minois impressionné d'une fillette. La comtesse sembla la reconnaître et s'avança vers elle, l'air avenant.

— Sois la bienvenue, mon enfant, approche, n'aie pas peur. Tu es la cadette de Michal, n'est-ce pas ?

Elle acquiesça vigoureusement, mais demeura à bonne distance. Elle jetait des coups d'œil inquiets dans tous les coins, peu rassurée.

— Que viens-tu donc faire ici ?

Elle pointa alors Génovéfa du doigt.

— Ce matin, elle a dit que si on savait des choses, fallait venir le dire. Sinon on irait en prison et l'empereur nous tuerait.

Dame Zofia lança un regard furieux à la magicienne qui sourit en retour.

— Ce n'est pas précisément ce que j'ai dit, mais peu importe. Ce fut efficace et c'est tout ce qui compte, non ?

— En effet, grinça la comtesse, mais je vous prierais de ne point effrayer mes gens, à l'avenir. Eh bien, ma petite, que sais-tu donc qui vaille que tu grimpes jusqu'ici ?

— Ma mère m'a demandé d'aller à la lisière de la forêt tout à l'heure, avec le grand Jan et pis mon frère Tomas et Andreja, la fille à Jakub. Elle avait besoin de fougères longues pour les brassées, pis par-là y a des vieux pommiers sauvages qui sont tous pleins en ce moment. Si personne les cueille, elles vont pourrir.

Thomassin ne put retenir un geste d'impatience, mais Génovéfa le dissuada de couper la jeunette dans son récit.

— On avait presque fini, mais heu... ben... j'ai eu envie de faire pipi. J'm'suis cachée dans un fourré bien haut pour faire mon affaire. J'voulais point que le grand Jan y m'vois, parce que les filles disent que parfois il les reluque et pis il les force à les embrasser.

Les femmes arborèrent un air scandalisé et Thomassin songea que le grand Jan allait se faire frotter les oreilles après cette petite conversation. Cette perspective le réjouissait d'avance.

— Pis là, j'ai vu tout à côté qu'y avait un plein bosquet de fraises ! On en trouve encore à c'te saison, mais c'est rare. J'ai rampé jusque-là et j'ai commencé à les ramasser, en en mangeant un peu, elle sourit malicieusement à cette évocation. Et c'est là que je les ai vus.

— Qui as-tu vu, ma belle ? demanda Dame Zofia d'une voix où pointait l'agacement.

La petite ne répondit pas tout de suite et tendit la main.

— J'veux d'abord être sûre que j'aurai la pièce.

Génovéfa poussa un grand éclat de rire devant l'insolence de la gamine. Elle était maligne, elle irait loin dans la vie. La sorcière sortit prestement le florin de son habit. L'éclat mat de l'or brilla sous les feux des torchères. Les yeux de la petite s'allumèrent.

— Une promesse est une promesse pour un mage. Elle est pour toi, dès que tu auras terminé ton récit.

— Z'étaient quatre. Y avait le Stanislas, celui qui vous a mal parlé, Messire, dit-elle à Otto. Les autres, z'avaient leur capuchon baissé, mais pour sûr c'est les amis du Stanislas, le grand frère de Jakub, pis Amos et Jiri. Y parlaient de traîner un gars dans la forêt mais que fallait bien l'encorder avant. Et le Jiri l'a dit qu'il en avait une de corde, épaisse, et tout en chanvre d'une bonne toise. J'sais pas qui c'était, le gars.

Le cœur de la comtesse s'emballa à ces mots et Thomassin la vit blêmir. Elle s'agenouilla et maintint la gamine par l'épaule, à deux doigts de la secouer comme une poupée de chiffon.

— Où allait ces hommes, le sais-tu ?

— Y z'ont dit qu'ils allaient dans les bois, mais ils ont pas dit jusqu'où. Après... y a le gros chêne pas loin de la mine, çui que le Jakub devait abattre. J'crois qu'ils se réunissent souvent, là-bas, pour lutiner les filles ou pour d'autres choses... j'sais rien de plus.

Elle se ferma comme une huître et demeura sans bouger, la main tendue vers la mageresse. Dame Zofia comprit qu'elle n'en tirerait pas un mot de plus et la laissa récolter sa récompense.

— Tiens, lui dit Génovéfa tout en glissant la pièce dans sa petite paume. Celle-là c'est pour tes parents, et celle-là, elle lui en donna une seconde, pour toi et rien que pour toi. Cache-la bien et quand tu seras grande, tu sauras quoi en faire, tu verras.

— Merci, mon enfant, laissa tomber la comtesse, tu peux retourner dans ton logis. Et sois sans crainte, je peux aussi t'assurer que le grand Jan ne devrait plus embêter personne.

Ils restèrent un moment à se regarder en silence, lorsque la comtesse s'exclama :

— Vous voyez bien que je n'affabulais pas ! Ces garçons s'en sont pris à Vaclav, j'en suis certaine ! La coïncidence est trop grosse. Je vous en conjure, dépêchez-vous de...

Elle n'acheva pas sa phrase, plaquant une main sur sa bouche, mais c'était déjà trop tard. Ils la dévisagèrent d'un air suspicieux et Thomassin esquissa la grimace hideuse qui lui tenait lieu de sourire.

— Avant le coucher du soleil, hein ? Que se passe-t-il donc après ? Il se transforme en monstre, votre enfant ?

La comtesse soutint son regard avec force et assura :

— Trouvez-le, et vous saurez.

Le chasseur ricana et haussa ses larges épaules. Il caressa, presque avec volupté, les gardes des deux lames bénites qui pendaient à ses côtés.

— Il y a intérêt... Bien, dit-il à l'adresse de ses compagnons, inutile de descendre au village, dirigeons-nous tout droit vers ce vieux chêne et nous verrons ! Allons !

Sous le couvert des épaisses frondaisons, ils progressaient le plus vite possible. Le sentier qui serpentait d'abord à travers les arbres avait disparu. Sous leurs pieds, ce n'était qu'un tapis de feuilles mortes qui étouffait le bruit de leurs pas. Enfin, Thomassin perçut une éclaircie dans la futaie où plusieurs grosses souches avaient été arrachées du sol et exposaient leurs racines nues. Il leur fit signe de s'arrêter.

— Nous approchons, chuchota-t-il, séparons-nous pour les encercler. Attendez mon signal avant d'agir.

Il plaça un doigt sur sa bouche et tous s'égaillèrent aux alentours. Thomassin avança prudemment, dissimulé dans les fourrés de ronces, sous les hautes fougères. Une trouée s'ouvrait un peu plus loin, aménagée par les charbonniers qui travaillaient pour les comtes. Seul, un chêne majestueux, dont le tronc devait bien faire six coudées de circonférence, trônait aux abords de cette dernière. Ses branches immenses fournissaient une ombre irréelle qui se découpait sur l'herbe encore verte de la clairière, ébauchant des formes sombres dans la lumière déclinante.

Le chasseur s'accroupit et longea la courbe dessinée par les coupes claires pour se rapprocher le plus possible de l'arbre centenaire. Un éclair flamboyant attira son regard dans la direction opposée. Otto. Il espérait que le mage fougueux s'en tiendrait à leur plan initial. Il distingua bien vite les silhouettes encapuchonnées décrites par la fillette et se tassa sur lui-même. Encordé au tronc rugueux comme une vulgaire salaison, le jeune Vaclav était en piteux état. Ses bourreaux s'acharnaient à tour de rôle sur le garçon, à grands coups de pied et de poing depuis un moment. Son visage tuméfié et ses yeux rougis en témoignaient.

— Tu fais moins ton précieux maintenant, hein, Votre *Seigneurie* ! proclama le meneur, qu'il identifia comme Stanislas.

— Tu vas payer pour ta perfidie envers nous, sorcier ! cracha le plus jeune.

— Sorcier ! renchérirent les autres. Immonde engeance !

Le limier tendit l'oreille. Ces jeunots sans cervelle paraissaient persuadés que Vaclav avait un rapport avec les meurtres atroces qui ensanglantaient leur communauté. Il voulait bien admettre que leur futur suzerain avait une propension étrange à se trouver au mauvais moment au mauvais endroit, mais cela ne faisait pas de lui un criminel pour autant.

— Il va être l'heure... Tu feras un sacrifice de choix pour notre maître. Les tiens ne nous oppresseront plus et ne se mettront plus jamais en travers de nos desseins ! Bientôt, nous ne serons plus les esclaves de tes semblables.

Thomassin cilla à ces mots. Un maître ? Quel maître ? Parlaient-ils de ce prêtre dégénéré ? Ce dernier, non content d'agiter les esprits, avait-il fomenté une véritable révolte de serfs ? Déterminé à en savoir plus, il s'allongea sur le sol et rampa plus près de la scène étrange. Le soleil avait presque disparu derrière les cimes des Carpates blanches, la forêt était plongée dans la pénombre. Il plissa les yeux, ne distinguant désormais que des silhouettes mouvantes dans l'obscurité. L'une d'elles sortit un briquet de pierre pour enflammer deux torches plantées de chaque côté du malheureux.

— Faut en finir, assura l'un des conjurés. La nuit tombe, on va se demander où nous sommes passés.

Une inquiétude palpable vibrait dans sa voix.

— Ne trouille donc pas comme ça ! se moqua Stanislas. Nous ne craignons rien de la nuit, notre maître nous protège, elle est sa complice ! L'aurais-tu oublié ?

— Je ne trouille pas ! objecta l'autre. Je pense qu'on a assez perdu de temps, c'est tout. Accomplissons notre devoir et rentrons !

Ils approuvèrent tous et Stanislas poussa un bref soupir, comme s'il lui pesait d'arrêter de torturer un pauvre jeune homme. Il sortit de sa coule une longue lame effilée, courbée comme celle d'une faucille.

L'éclat argenté affola Thomassin, qui siffla entre ses dents. La nuit était désormais presque complète, les flammes timides formaient un halo dans la pénombre. À ce signal, Otto jaillit des fourrés, les yeux iridescents. De vives étincelles s'enroulèrent autour de ses paumes.

Les conjurés se retournèrent comme un seul homme pour faire face à leur assaillant. Thomassin profita de leur confusion pour se jeter sur le premier venu, lui faucher les jambes et glisser son fer sous son cou tendre de damoiseau. Ce dernier n'esquissa pas un mouvement pour se dégager, son cri mourut dans sa gorge. Des gamins, songea le limier. De pauvres gosses qui ne savaient pas à quoi ils jouaient.

Stanislas poussa un grognement de rage en se ruant sur le magicien, mais celui-ci lui souffla un air brûlant au visage qui le fit reculer. Le troisième s'écroula, face contre terre dans un hurlement de pure terreur. De lourdes racines sourdaient de la terre comme des serpents et enlaçaient ses membres pour le maintenir au sol.

Le quatrième tenta de fuir, mais ce fut peine perdue. La gigantesque masse du Golem se dressa devant lui et lui coupa toute retraite. Le pauvre reculait, affolé, vers le tronc du chêne pour rejoindre Stanislas dans un effort désespéré pour échapper à ces furies.

C'est alors qu'un grognement guttural monta derrière eux. Ils se figèrent instinctivement, leurs yeux roulaient dans leurs orbites comme ceux de bêtes prises au piège. Le grondement s'intensifia pour se muer en véritable hurlement. Thomassin sentit ses poils se dresser sur ses avant-bras. Il tourna la tête vers l'infortuné Vaclav. À sa grande horreur, ce dernier n'avait plus rien du jeune homme craintif plein d'ecchymoses qui se tenait à sa place quelques instants auparavant.

Une gueule allongée, hérissée de crocs brillants, bordée de babines tapissées de bave écumante, émergeait à la place de son visage. Son torse, velu et musculeux, avait déchiré sa chainse de lin fin dont les vestiges pendaient piteusement. Ses bras, gonflés, couverts de longs poils gris, se terminaient, non plus par des mains délicates de petit seigneur, mais par des griffes acérées, qui écorchaient le sol et l'écorce autour de lui avec frénésie.

Seul le Golem sembla, par pur instinct, comprendre le danger que représentait le prisonnier. D'un bond qui fit trembler la terre, il se posta devant Sarah qui, flanquée d'Albrecht, se précipitait vers ses acolytes. Thomassin rassembla ses esprits et relâcha le jeune homme qu'il tenait à sa merci.

— Reculez ! hurla-t-il à Otto et Génovéfa.

Les mages ne se firent pas prier pour s'écarter vivement de la scène. Le limier les rejoignit à grandes enjambées, pendant que le mage de feu dressait autour d'eux une corolle de flammes protectrices.

— Peste ! s'exclama ce dernier, un vireloup ! Zofia s'est bien moquée de nous ! Elle nous a envoyés directement dans sa gueule !

Le limier lâcha un chapelet de jurons tous plus verts les uns que les autres, mettant en doute tant la vertu de la comtesse de Roztemberg que les nobles origines de son fils.

Il ne fallut pas longtemps pour que la bête sauvage ne se libère de son carcan de corde épaisse, qu'il lacéra comme un rien. Elle se précipita sur le premier des garçons, toujours maintenu au sol par le sort que la magicienne n'eut pas le temps de lever. Un cri s'échappa de sa pauvre carcasse alors que le vireloup lui déchirait la gorge à coups de crocs.

Il se redressa, le poitrail couvert de sang qui dégouttait sur l'herbe tendre de la prairie et tourna ses yeux jaunes de prédateur vers celui que Thomassin avait menacé. Il passa une large langue rose sur ses babines retroussées avant de se précipiter vers sa nouvelle proie. Le garçon jeta ses dernières forces dans une course éperdue pour essayer de rejoindre la lisière des arbres. En deux enjambées, la créature effroyable fut sur lui, la mort abattit sa faux si vivement qu'aucun n'eut le temps de réagir. Après l'avoir frappé, le prédateur transperça de son regard la petite compagnie. Il tenta de s'approcher d'eux, mais les flammes lui roussirent le poil. Il huma l'air qui s'emplissait de fumée et poussa un terrible hurlement avant de disparaître dans la forêt.

Tous demeurèrent muets de stupeur, l'affolement pulsant dans leur cœur, le sang battant dans leurs oreilles. Thomassin réalisa que, pour la première fois depuis des années, ses mains tremblaient. Il se tourna vers ses amis. Tous arboraient des mines pâles, effrayées, une terreur sourde au fond des yeux.

— Je n'en reviens pas... murmura-t-il. Pendant tout ce temps, le criminel était sous nos yeux. Quelle bande de sots nous faisons !

— Je ne crois pas, chevrota Albrecht. Que les meurtres soient l'œuvre de la forme bestiale de Vaclav.

— Pardon ? siffla Otto. C'est au contraire le coupable tout désigné ! Il faut être aveugle ou imbécile pour penser autrement !

Thomassin, dont la patience s'émoussait sous le coup de l'adrénaline, faillit lui dire de la fermer pour de bon, mais le novice répliqua :

— Je ne suis ni l'un ni l'autre. Et si vous aviez un tant soit peu étudié lors de vos années à l'Academia, vous vous souviendriez de ce que vos professeurs vous enseignaient sur les malédictions de métamorphose ! Rentrons vite, Vaclav ne craint plus rien. Personne ne risque de s'en prendre à lui cette nuit. Ce qui n'est pas notre cas, en revanche.

Le chasseur approuva. Dans un sursaut, il fouilla l'obscurité de ses yeux d'ambre à la recherche de Stanislas. Le jeune serf avait fui bien avant que le vireloup ne s'attaque à ses camarades, les abandonnant à leur triste sort.

— La lâcheté, cracha-t-il, est vraiment le défaut que je déteste le plus...

Chapitre XV

In vino, veritas

Exténué, Thomassin repoussa le battant de la lourde porte, les autres sur ses talons. Le chasseur se dirigea d'un pas décidé vers la pièce d'apparat où il trouva, assise sur un faudesteuil, Dame Zofia, immanquablement flanquée de maître Jan. Son irruption fit claquer la porte si fort qu'ils se retournèrent en sursautant.

— Maître Von Knochen ! Nous vous attendions plus tôt ! s'exclama la comtesse.

Elle cherchait des yeux la figure de son fils, mais elle ne rencontra que les visages fermés et hargneux de ses invités. Leur promenade en forêt les avait visiblement marqués. Leurs mantels et hauts-de-chausse maculés de boue en témoignaient autant que les branchages qui décoraient leurs cheveux.

— Il ne fallait pas vous donner cette peine, aboya le limier, et gagner votre couche ! Après tout, à l'heure qu'il est, nous devrions tous gésir sous le grand chêne la gorge déchiquetée par votre fils bien-aimé, comme trois des fils de vos serfs !

Il s'approcha d'un pas vif, mais Jan s'interposa entre sa maîtresse et lui. Le chasseur lui rit au nez, la face déformée par un rictus dont sa cicatrice accentuait l'effroyable apparence.

— Et quoi ! ironisa-t-il en désignant l'intendant du menton. Un vireloup ne vous suffit pas, il faut encore que celui-ci se transforme en chien de garde à la nuit tombée ?

La rage incendiait ses veines, après la frayeur qu'il avait eue dans les bois. Il se sentait bouillir de l'intérieur. Il espérait que l'intendant allait répliquer, pour qu'il puisse lui coller son poing dans l'estomac, car cela lui aurait procuré un soulagement certain. Une main apaisante se posa sur son avant-bras et il se tourna pour contempler le visage rond et aimable de Génovéfa.

— Allons, lui murmura-t-elle alors que ses pupilles irradiaient, ce n'est pas la peine de s'en prendre à Jan ni à sa maîtresse. Ce que nous voulons, dit-elle plus fort à la comtesse, ce sont des explications, et des explications valables.

Sur son siège, Dame Zofia soupira. Son regard se perdit un instant dans les flammes de l'âtre, puis elle s'adressa à l'intendant :

— Jan, descendez donc nous chercher au caveau six bouteilles de nos anciens coteaux. Ceux de la dernière vendange de feu mon époux. Je crois que nous aurons tous besoin de vin, ce soir.

— Fort bien, ma Dame.

— N'oubliez pas les verres.

Elle attendit qu'il franchisse le seuil pour faire signe aux autres de s'asseoir. Tous s'échouèrent sur les ployants et les escabelles vides, les jambes ramollies par la course effrénée qu'ils avaient accomplie pour revenir au castel.

— Je comprends à votre attitude que vous avez compris l'affliction qui frappe mon malheureux fils...

— Malheureux ! Comme vous y allez ! s'exclama Otto, il vient d'égorger trois personnes !

Un simple regard de Thomassin suffit à lui faire comprendre que s'il coupait encore une fois la parole à la comtesse, il serait expulsé de la pièce avec quelques dents en moins.

— C'est hélas ainsi, répliqua-t-elle sèchement. Comme vous avez pu le voir, chaque nuit, il devient une bête, mi-homme, mi-loup, sans rien pouvoir y faire... Comme son père avant lui, et le père de son père, et tous les primohéritiers mâles de la famille Roztemberg, d'aussi loin que l'on s'en souvienne, il est frappé de cette malédiction. Autrefois, pourtant, cette métamorphose était loin d'attiser la haine. Elle était au contraire le symbole d'une grande force et l'objet d'un profond respect. Les *vlkodlak*[31] étaient de puissants guerriers, qui ont longtemps servi ce pays et l'ont protégé des envahisseurs en guerroyant sous leur forme animale.

— Pardonnez-moi, ma Dame, l'interrompit Albrecht, mais à vous entendre, on dirait que les ancêtres de Vaclav parvenaient à maîtriser leur mutation, ce qui me paraît peu probable. Hérodote nous enseigne que seuls des sorciers maléfiques ont la capacité de se transformer en loup et de plier la bête à leur volonté. L'Ancien Testament nous dit que les hommes-bêtes sont des suppôts de Satan. Je n'ai entendu parler de ces guerriers loups que dans les sagas scandinaves... L'Edda les mentionne, mais ce sont là des légendes barbares de tribus païennes, dénuées de réalité.

— Il vous paraît extraordinaire que la lignée de mon époux ait pu préserver dans son sang une telle aptitude et, au fil du temps, le convertir en véritable atout, répliqua-t-elle, hautaine. En revanche, cela ne vous choque pas que les mages acquièrent leurs pouvoirs par hérédité. C'est ainsi pourtant et je vous le confirme, mon bien-aimé époux maîtrisait l'esprit du loup qui habitait en lui. Sous sa forme de bête, il distinguait le bien et le mal, et ne se laissait submerger par la *furor* que s'il le souhaitait.

— Sauf une fois, n'est-ce pas ? insista le novice.

À ces mots, la comtesse pâlit.

— Vous savez aussi cela ? Oui, une seule fois, lors de notre nuit de noces. J'avais beau y avoir été préparée, je n'ai

---

[31] Loup-garou en tchèque.

pu empêcher l'effroi de m'envahir. Je n'étais alors qu'une jeune pucelette... Frustré et meurtri, il s'est enfui et s'est laissé aller à une terrible colère, lacérant ces deux pauvres enfants. Il l'a regretté amèrement toute sa vie. Et moi aussi. Les serfs ont été dûment compensés de leurs pertes.

Thomassin retint la réplique cinglante qui lui montait aux lèvres. Rien ne pouvait remplacer l'immense vide créé par la mort brutale d'un être cher. Il était bien placé pour le savoir. Le visage d'Esmelda émergea dans sa conscience, mais il chassa vite ce pénible souvenir.

Jan choisit ce moment pour revenir les bras chargés de coupes et de bouteilles. Il leur versa de généreuses rasades d'un vin clairet d'une belle couleur framboise. Thomassin huma son gobelet avant de l'avaler d'un trait et d'éprouver sur son palais la légère acidité du breuvage. Un bouquet de fleurs blanches éclata en bouche, envahit ses papilles. Il claqua de la langue d'un air satisfait, puis se resservit. Il devait donner raison à Dame Zofia sur un point. S'ils devaient discuter de la culpabilité d'un lycanthrope dans les crimes odieux qui ensanglantaient la contrée toute la nuit, il était préférable de ne pas demeurer sobre.

— Je ne dis pas que c'est inconcevable, poursuivit le novice. Au contraire, mais je me dois de rappeler les paroles de saint Paul : « *Après mon départ, des loups redoutables s'introduiront chez vous et n'épargneront pas le troupeau.* » Votre prêtre semble avoir connaissance de la malédiction qui vous afflige et des difficultés de Vaclav à se maîtriser. Il s'en sert pour retourner les serfs contre vous, notamment les plus jeunes et les plus malléables. Si votre fils n'est pas coupable, comme vous l'affirmez, il va falloir le prouver, et rapidement. Sinon, j'ai bien peur que vous ne soyez prochainement confrontés à une véritable révolte...

Les mots d'Albrecht résonnaient funestement dans le silence de la petite salle et le limier vida à nouveau son verre, avant de resservir ses compagnons et lui-même.

— Mon fils n'est pas responsable, je le jure sur ce que j'ai de plus précieux, affirma-t-elle. Certes, il n'a pas bénéficié de la tutelle de son père pour lui apprendre à maîtriser sa transmutation, mais jamais auparavant il n'avait fait de mal. Sauf à quelques brebis, parfois. Je sais que ça semble difficile à croire, mais vous devez me faire confiance, nous aider. Comment prouver son innocence ? Maître Albrecht, avez-vous une idée ?

Le novice plissa les yeux et se concentra, le nez dans son verre. Le spectacle auquel il venait d'assister l'avait marqué, ses pensées se bousculaient sans qu'il parvienne à les ordonner en une suite logique. Petr, les paysans hostiles, les morts singulières, le vireloup, la malédiction... Un lien lui échappait, un fil ténu qui rassemblait tous ces éléments et lui permettrait de démêler l'écheveau de cette histoire. Il sentait qu'il était proche de le découvrir, mais une part de vérité se dérobait toujours, comme une ombre dans l'obscurité.

La main fraîche et douce de Sarah effleura la sienne pour l'assurer de son soutien et il plongea son regard dans ses beaux yeux bruns. Un pan de sa manche était relevé, laissant apparaître les lettres tatouées sur son bras. Le Golem. Le Golem les avait protégés tous deux du lycanthrope. Les flammes d'Otto aussi l'avaient repoussé. Mais il ne pouvait décemment pas mettre le feu au castel ! Il rumina un moment, ses yeux las parcouraient tour à tour les visages de ses compagnons pour y chercher une solution qui ne venait pas. Il était pourtant persuadé que cette dernière viendrait d'eux, de leurs extraordinaires capacités. Le Conclave et l'empereur ne les auraient pas dépêchés sur place sans cela. Il s'arrêta sur Génovéfa toujours au bras de Thomassin, les joues légèrement rougies par la boisson. Le souvenir des racines qui entravaient les malheureux serfs lui revint en mémoire.

— Je crois que j'ai une idée, déclara-t-il, laissez-moi la nuit pour y penser. Nous ne pouvons rien tenter tant que Vaclav n'est pas rentré, de toute manière.

— Je suis d'accord, coupa Thomassin. Nous avons tous besoin de repos. Prévenez-nous lorsque le loup égaré rejoindra sa tanière. En attendant – il se saisit de sa coupe et d'une bouteille encore pleine –, je vous déleste de ceci !

D'autorité, il enlaça la taille ample de la mageresse de son bras libre et tous les deux quittèrent la pièce pour regagner l'étage des appartements.

Devant sa porte, il marqua un temps d'arrêt pour dévorer sa dame d'un regard débordant d'envie.

— La nuit est encore jeune, nous avons du bon vin... et ce satané chiot ne risque pas de nous interrompre, lui susurra-t-il d'une voix basse. Alors, que diriez-vous de partager quelques instants, seuls ?

— N'avez-vous pas compris que j'attends cette proposition depuis que l'on vous a ramené à moi, à moitié inconscient ?

— Je craignais que mon aspect ne rebute une femme telle que vous.

— Ne vous ai-je pas démontré suffisamment mon intérêt ? Que vous faut-il de plus ? Une missive ?

Elle émit un petit rire, tout en caressant de sa paume chaude la joue lacérée du limier.

—Cela n'a aucune importance, le rassura-t-elle. Les formes les plus diverses se retrouvent toutes dans la nature et toutes possèdent leur propre beauté. J'ai envie de vous, Thomassin Von Knochen et croyez-moi... je vais vous le prouver !

Elle se rua sur ses lèvres. Elles avaient un goût d'alcool et de péché qui plongea le chasseur dans une ivresse bouillante. Leurs bouches avides se trouvèrent, leurs souffles se mêlèrent aussi étroitement que leurs mains. Paumes contre paumes, sans se séparer l'un de l'autre, ils pénétrèrent dans la chambre baignée dans une obscurité complice. Les braseros fumaient, enveloppant les deux amants. Thomassin se détacha à regret de Génovéfa pour poser les coupes et la bouteille sur la table. Il retira son mantel et ses épées prestement, non sans les ranger comme à son habitude. La magicienne en profita elle aussi pour se dépouiller de ses vêtements humides, mais poussa le jeu plus loin. Lorsqu'il se retourna, elle lui apparut dans toute la splendeur de son corps rond, les plis de sa chair diaphane resplendissant sous la lumière ondulante des lampes à graisse. Il en eut le souffle coupé. Elle était tout ce qu'il aimait chez une femme, des cuisses amples, un ventre renflé et accueillant, une gorge généreuse, pourvue de deux seins lourds. Il déglutit alors qu'elle détachait la masse de ses cheveux blonds qui cascadèrent sur ses épaules. Dieu, qu'elle était belle ! Il versa deux verres pour reprendre contenance, et s'approcha d'elle, lui en tendant un.

— Vous ai-je déjà dit que vous étiez la plus incroyable femme que j'ai pu rencontrer ?

— Non, dit-elle en portant la coupe à ses lèvres, mais un compliment fait toujours plaisir à entendre.

Elle se colla contre lui. Il éprouva la chaleur de son corps à travers la chainse qu'il avait conservée, à son grand regret. Une mèche venait lui chatouiller le menton, qu'il replaça élégamment derrière son oreille. Elle se lova un peu plus, et cette fois, il n'y tint plus. Il posa son gobelet avec fracas, souleva la magicienne avant de la jeter sur sa couche. Son rire clair retentit alors que lui aussi laissait tomber la dernière barrière de tissu qui séparait leur épiderme.

Elle soupira d'aise et le contempla, enfin nu, son torse large, couturé de cicatrices, ses bras forts, rompus aux exercices de lames. Et ses yeux, ses yeux qui la dévoraient comme s'ils ne pouvaient jamais se rassasier de sa vue. Elle ne se souvenait pas qu'on l'ait déjà dévisagée avec une telle intensité, presque avec dévotion. Elle se sentait comme l'une de ces déesses païennes dont parlaient les textes antiques, adorée avec ferveur. La divine perspective de ce qui allait suivre la faisait frissonner des pieds à la tête. Elle l'attira à elle, peau contre peau, en un long baiser langoureux qui scella leurs lèvres. Thomassin entreprit de manger son cou de ses lèvres, puis de descendre, plus bas, toujours plus bas, tandis que Génovéfa, les mains enfouies dans ses cheveux, gémissait de plaisir.

La nuit ne faisait que commencer.

Le chasseur émergea de son sommeil profond dans une agréable béatitude. Enseveli sous les couvertures de laine et les peaux d'animaux, il contempla le visage serein de la magicienne, blottie au creux de ses bras. Elle somnolait encore, ses cheveux balayaient son dos, une cuisse en travers du corps de son compagnon. Il caressa la chair douce, l'effleurant à peine de peur de l'éveiller. Il aurait tout donné pour qu'ils demeurent ainsi figés dans cet instant au goût d'éternité, sans malédiction, sans devoir à accomplir, sans monde à sauver.

Mais la chance ne s'attachait jamais au pas de Thomassin Von Knochen.

Alors qu'il allait se rendormir au son de la respiration de sa tendre amie, de violents coups furent frappés sur le chambranle. Le charme se rompit, Génovéfa fronça le nez et grommela, se retournant sur son oreiller. Le chasseur se leva et passa sa chainse qui gisait à terre. Il ouvrit la porte d'un coup sec, prêt à déverser sur l'importun un flot ininterrompu de ses meilleures injures, mais se figea lorsqu'il aperçut le visage fatigué de l'intendant.

— Mille excuses, déclara ce dernier, mais il fallait que je vous informe séance tenante.

— M'informer de quoi ? rocailla Thomassin.

— Maître Vaclav est rentré. Sain et sauf. Votre présence est requise dans la salle d'apparat. Celle de madame, également, il esquissa un sourire en coin. Votre ami, le jeune escolier, a eu une idée.

Le limier roula les yeux au ciel. Qu'est-ce qu'Albrecht avait encore inventé ?

Toute son euphorie s'était envolée lorsqu'il pénétra dans la pièce, Génovéfa sur ses talons. Elle achevait de nouer ses cheveux en une longue tresse et ce simple mouvement lui rappela leur nuit de plaisir. Il se ressaisit et porta son regard sur son jeune ami qui faisait les cent pas devant la cheminée.

— Ah ! Vous voilà ! s'exclama-t-il en les apercevant.

— On nous a dit que tu exigeais notre présence, bougonna Thomassin.

— Oui, enfin, j'ai surtout besoin de Génovéfa, sourit-il.

— Très bien, commenta le chasseur d'un air sombre, je vais retourner me coucher.

— Ne fais donc pas cette tête, nous avons besoin de tout le monde.

Le limier haussa les épaules et s'échoua de mauvaise grâce dans un faudesteuil. Génovéfa se rapprocha du novice, mains sur les hanches.

— En quoi puis-je t'être utile et qu'est-ce que cela a à voir avec le retour de Vaclav ?

— J'ai bien réfléchi. Le plus simple, pour acquitter le jeune seigneur des lieux, est de constater de façon irréfutable qu'il n'est pas l'auteur de ces crimes odieux sous sa forme de vireloup.

— Je ne comprends pas en quoi mon intervention est nécessaire, indiqua Génovéfa.

— Elle l'est tout autant que celle de Sarah.

— Tu parles encore par énigmes, Albrecht, grogna Thomassin au fond de son fauteuil, viens-en au fait !

La porte s'ouvrit à cet instant sur Zofia et son fils. Le jeune homme arborait un air fatigué et des traits tirés. Ses cheveux sombres retombaient en mèches grasses devant son visage, mais ce dernier ne comportait plus une trace de son passage à tabac. Les capacités de métamorphose du vireloup s'accompagnaient visiblement d'un pouvoir de régénération hors du commun.

— Merci de votre venue, les accueillit le novice d’un air affable, presque comme si le garçon qui se tenait devant lui n’avait pas massacré trois hommes la veille au soir.

— Je vais vous exposer comment nous allons procéder pour démontrer l’innocence de Vaclav et enfin calmer les tensions autour du castel. C’est indispensable pour nous permettre de continuer notre enquête dans un climat serein et ne plus nous heurter au silence de vos serfs. Vous allez voir, c’est fort simple. Nous avons pour cela besoin du Golem. Sarah est d’ores et déjà d’accord.

La jeune femme acquiesça. Elle se tenait si près du novice que leurs corps se touchaient presque. Thomassin remarqua que son ami trouvait mieux ses mots, adoptait une posture plus déterminée et engagée, bref, affirmait son caractère dès que la jeune femme se tenait à ses côtés. Il se demanda si lui aussi changerait d’attitude, aux côtés de Génovéfa. Il refoula bien vite cette idée. Ils n’avaient pas même évoqué le fait de former un couple, de se présenter en tant que tel, ou tout simplement d’annoncer la chose aux autres. Albrecht et Sarah assumaient leur amour et l’affichaient. Qu’en était-il de lui et de la magicienne ? Il avait si souvent clamé son désamour pour sa caste qu’il lui semblait difficile d’officialiser leur idylle sans se renier. Pourtant, au fond de lui, une musique qu’il avait depuis longtemps oubliée résonnait. Un espoir aussi fragile qu’une rose d’hiver. Il reporta vite son attention sur Albrecht qui continuait son exposé.

— Je vais vous demander la même chose, Dame Génovéfa, continua le jeune homme, consentez-vous à utiliser votre pouvoir pour nous aider à sauver le comte ?

— Je suis à ta disposition, répondit-elle sans hésiter, c’est la volonté du Conclave et de l’empereur, après tout.

Le soulagement se peignit sur les traits du garçon. Il avait craint qu’après la scène d’hier, il lui soit difficile de convaincre ses camarades de blanchir le jeune seigneur. C’était sans compter sur les ordres que chacun avait reçus et les intérêts des parties en présence, qui tissaient une toile invisible dans les ombres.

— Merci, gente Dame. Bien, le temps est venu de vous exposer mon idée. Il faut enfermer Vaclav au château avant la nuit prochaine et s'assurer qu'il ne sorte pas. Si un meurtre est perpétré, il sera forcément disculpé.

Thomassin regarda son ami comme s'il avait perdu la raison. Il fallait donc accepter qu'un innocent se fasse massacrer une fois de plus en restant les bras croisés, à servir de nourrice à un vireloup ?

— Tu ne peux pas être sérieux, Albrecht... Notre devoir est d'empêcher la survenance d'un nouveau crime, pas d'attendre comme des oisifs que ce dernier advienne !

— Et comment comptes-tu t'y prendre ? Nous n'avons aucune autre piste, aucune idée de qui peut être la prochaine victime. Pour ce que nous en savons, Vaclav est peut-être le coupable, cette solution nous permettra de faire d'une pierre deux coups dans ce cas !

Dame Zofia afficha un air outré, mais le novice continua :

— À nous cinq, nous ne pouvons quadriller l'entièreté du domaine, les forêts, les essarts, le village... Sans compter la mine ! C'est pour l'instant notre seule possibilité : procéder par élimination. Si le comte est innocent, nous le saurons. S'il est à l'origine de ces massacres, même inconsciemment, nous aurons résolu toute l'affaire et pourrons repartir. Si tu as une meilleure idée, parle, je suis tout ouïe.

Le limier posa sur son ami un regard dans lequel se lisait une tristesse soudaine. L'air résolu, presque méprisant, que le novice arborait lui rappela soudain combien il avait changé. Cette révélation lui tordit l'estomac.

— Cette année à l'Academia porte déjà ses fruits, dirait-on, énonça-t-il avec résignation. Tu raisonnes comme un mage, à présent.

Albrecht haussa les épaules et ne releva pas ce qui sonnait comme une insulte dans la bouche de son compain. Il savait, avant même de proposer son idée, que Thomassin désapprouverait. Curieusement, cela ne l'affectait pas autant qu'il l'avait pensé. Au contraire, il se sentait soudain justifié, sûr de lui, de ses idées. Il reporta son attention sur la mageresse.

— Ce soir avant la tombée de la nuit, décida-t-il, nous enfermerons Vaclav dans l'une des basses chambres du donjon et nous scellerons la porte grâce à votre pouvoir. Il faudra aussi faire pousser des aconits tue-loup[32] au pourtour de cette dernière, pour parer à toute éventualité. Le Golem se postera devant, avec ordre de maîtriser le vireloup s'il venait à réussir à s'échapper. Il y restera le temps nécessaire. Quelqu'un a-t-il quelque chose à dire ?

Il fixa Thomassin droit dans les yeux, mais le chasseur ne répondit pas. Il n'entrait pas dans le plan échafaudé par Albrecht et cela lui convenait parfaitement. Dans son coin, le futur seigneur n'émit pas une seule protestation. Il paraissait étranger à ce qui se passait dans la pièce, comme si ce qui se jouait ne concernait pas son avenir, tout comme celui de sa mesnie tout entière. Le limier comprenait un peu son sentiment, il se sentait lui-même exclu de la scène qui se jouait.

— Parfait. Retrouvons-nous ce soir, au pied de la tour. Pour ma part, je retourne aux archives, on ne sait jamais.

---

[32] Plante de montagne très toxique. Elle était réputée pour repousser les loups et par extension, les loups-garous.

Un soleil rouge illuminait les nuages qui s'amoncelaient sur les contreforts des montagnes. Thomassin leva les yeux sur le ciel d'incendie. Génovéfa l'avait contraint à l'accompagner, elle prétextait qu'elle se sentirait mieux s'il était présent pour l'épauler. Otto aussi s'était joint à eux, précaution supplémentaire que tous espéraient inutile. Ils descendirent les degrés dans un silence de mort, l'intendant en tête. Les lourdes clés de bronze qui pendaient à sa ceinture cliquetaient, se répercutant contre les pierres de l'escalier à vis.

Une vaste porte cloutée apparut tout au bout d'un couloir étroit et sombre.

— C'est là, commenta Dame Zofia, l'un de nos anciens cachots. Les murs ici font plus de quatre mètres d'épaisseur.

Ils pénétrèrent dans la pièce où régnait un froid glacial. Le chaume au sol exhalait une odeur tenace de moisi, les parois suintaient d'humidité et seule une vieille paillasse tenait lieu de couche dans un coin. L'intendant aménagea sommairement l'endroit. Sous sa forme de vireloup, Vaclav n'aurait pas besoin de confort et, dans la journée, ils pourraient lui apporter à manger et à boire.

Albrecht détaillait chaque coin de la maigre cellule, éprouvant sous ses doigts la solidité des pierres.

— Il va falloir boucher cela en priorité, dit-il en désignant une fenestrelle ornée de lourds barreaux de métal.

— Est-ce nécessaire ? le questionna Génovéfa.

— Vous avez constaté comme moi la force dont il fait preuve, deux précautions valent mieux qu'une.

La mageresse se plia sans protester à la demande du novice. Ses pupilles s'allumèrent d'un éclat émeraude lumineux, elle agita les doigts et de longues branches noueuses, épaisses et à la teinte grisâtre apaarurent. De petites inflorescences verdâtres poussèrent çà et là et la pièce fut plongée en un instant dans l'obscurité. Elles s'entremêlèrent, formant un amas de bois impénétrable. Elle esquissa un élégant geste de la main et de fines tiges ornées de feuilles oblongues apparurent sur les rameaux, qui se remplirent bientôt de grappes de fleurs d'un jaune pâle.

— Plante-dragon et aconit tue-loup. Cela devrait suffire.

Albrecht approuva du chef. Ils abandonnèrent Vaclav à son sort. Ce dernier s'assit sur la couche sommaire sans un mot, supportant son destin comme une fatalité, les genoux entourés de ses bras. Maître Jan planta les torches dans les murs, alluma un chandelis rouillé, couvert de cire séchée qui trônait dans un coin, seul réconfort auquel il aurait droit pendant sa réclusion. Sous l'œil implacable d'Albrecht, il verrouilla la porte à l'aide d'un cadenas et d'une chaîne de métal. D'un signe du novice, Génovéfa recommença son sort. Les branches engloutirent la porte sous leur assaut serpentiforme, formant un entrelacs inextricable, surmonté rapidement d'un parterre d'aconit dont la teinte dorée conférait presque un aspect agréable à l'ensemble. Sarah s'avança à son tour. Elle déposa la statuette à terre, psalmodia quelques mots, avant de relever sa manche pour appuyer sur son singulier tatouage. Le Golem prit vie et, en un instant, il atteignit une toise et demie[33] de hauteur. Sa lourde tête de glaise frôlait les voûtes de pierre. Il se posta devant la porte transformée en forêt, immobile.

---

[33] 3 mètres environ.

— Voilà, il ne reste plus qu'à patienter, énonça Albrecht. Maître Jan va faire savoir au village que, par gage de bonne foi envers ses serfs, Dame Zofia a fait enfermer son fils sous la garde des envoyés du Saint Empire, et qu'il demeurera emprisonné le temps qu'il faudra.

— Jan, indiqua cette dernière qui ne quittait pas la porte des yeux, annonce aussi la distribution d'une émine de fèves à chaque famille, sur nos réserves personnelles. Je souhaite prouver que nous restons les bienfaiteurs des terres de Roztemberg.

L'intendant s'inclina et quitta le donjon presque en courant.

Tous reportèrent leur regard sur l'incroyable dispositif, avec, sur la langue, une question sans réponse. Vaclav pouvait-il en venir à bout et tous les massacrer ?

Chapitre XVI

Casus belli

Thomassin caressait d'une main distraite la courbe de l'épaule dénudée de Génovéfa, lorsqu'un hurlement terrible ébranla les pierres du château. Il grommela. Trois jours. Trois jours que le vireloup demeurait enfermé dans sa geôle scellée par la magie. La première nuit, il s'était rué sur à peu près tout ce qui était à sa portée, réduisant la paillasse à un amas de tissus et de foin, détruisant l'antique chandelis, arrachant les torchères des murs. Rien n'y avait fait. Les tue-loup l'empêchaient de s'attaquer à la fenestrelle et, s'il avait gratté le bois de la porte et les pierres jusqu'à s'en casser les griffes, il n'était pas parvenu à la percer. Depuis, il poussait de lamentables gémissements, comme un chiot pris au piège.

La magicienne se redressa sur un coude et contempla le profil du chasseur à la lueur des flammes. Les ombres ondulaient sur son menton carré, épousant la déformation de sa joue.

— Comment est-ce arrivé ? susurra-t-elle.

Il exhala un long soupir, il détestait évoquer la façon dont il avait récolté sa cicatrice.

— C'était il y a des années, quand j'ai rencontré Albrecht, à Kaysersberg. Je ne me souviens pas des détails, éluda-t-il. J'ai perdu connaissance.

Elle constata qu'il s'était refermé comme une huître et n'insista pas, soucieuse de préserver l'harmonie des moments passés en sa compagnie. Ils ne s'étaient pas quittés depuis leur première nuit. L'attente dans laquelle ils étaient tous plongés les avait spontanément poussés l'un dans la couche de l'autre, soir après soir. Elle ressentait de manière presque instinctive que le chasseur cherchait en elle une forme d'évasion, d'oubli. Cette précieuse légèreté convenait à la magicienne, aussi changea-t-elle de sujet.

— J'ai faim, déclara-t-elle, un sourire malicieux étirant ses lèvres.

— Je vais me rendre aux cuisines, cela me sortira du lit !

Il embrassa son épaule et s'habilla rapidement, avant de gagner les escaliers sombres et froids où résonnaient les lamentations du vireloup.

Parvenu devant les quelques marches qui descendaient aux cuisines, il marqua un temps d'arrêt. Il percevait l'écho de voix familières et devina, entre deux hurlements, qu'il s'agissait de Sarah et d'Albrecht. Il se demanda s'il devait les interrompre, mais la curiosité le poussa à écouter leur conversation, bien qu'il se sente mal à l'aise de leur voler ce moment d'intimité. Il descendit les degrés pour mieux entendre, jusqu'à distinguer les deux jeunes amoureux, assis l'un à côté de l'autre.

— Crois-tu que j'ai bien fait ? questionnait le garçon, l'air indécis.

— Il est vrai que nous ne faisons aucun progrès, soupira Sarah. Tous les moyens sont bons pour obtenir des réponses, il faut bien avancer. Si la comtesse et son fils avaient joué franc jeu dès le début, nous n'en serions pas là.

— Je ne souhaite la mort de personne, mais nous avons à la fois vu ce dont Vaclav est capable, même si dans ce cas il s'agissait de se défendre contre ses agresseurs. D'un autre côté, je reste persuadé de son innocence. Les descriptions des blessures que l'empereur a confiées à Thomassin ne ressemblent pas à celles qu'infligerait un loup.

— C'est vrai, mais je me pose une question : as-tu pu lire d'autres détails dans les comptes rendus de l'intendant ?

— Non, il n'y a rien au registre, seulement l'inscription du décès et le fait que ce dernier est survenu de mort non naturelle, pourquoi ?

— Comment savons-nous dès lors ce qui a réellement causé leur trépas ? Quand nous sommes arrivés, le cercueil de Jakub était clos...

Le visage du novice se para d'une ride qui lui barrait le front, comme à chaque fois qu'il était en proie à une intense concentration. Sarah serra sa main dans la sienne, dans un geste de réconfort tendre. Thomassin avait noté le lien fort qui les unissait, ces petits moments de soutien qu'ils se prodiguaient. Les doutes qu'il avait pu nourrir à l'égard de la jeune juive se faisaient de plus en plus ténus. Elle se souciait du bien-être d'Albrecht et en cela, ils se ressemblaient.

— Par tous les saints, tu as raison ! s'exclama-t-il. L'hostilité affichée du prêtre n'a pas permis à Jan d'examiner les morts. Nous-mêmes avons, depuis le début, coupablement négligé cette partie, en nous fiant à ce que l'on nous affirmait... Demain à la première heure, nous en informerons nos camarades et nous dirigerons vers le cimetière.

Tout à sa joie, Albrecht embrassa Sarah. Ils partirent d'un grand éclat de rire. Thomassin estima que c'était le moment de surgir de sa cachette et bondit vers les tourtereaux qui sursautèrent.

— Oh ! Te voilà ! sourit le jeune homme. Nous venons de nous rappeler quelque chose qui va considérablement nous aider !

— Vraiment ? feignit le chasseur avec un air surpris. Je brûle d'impatience, dites-m'en plus !

— Les corps ! Nous n'avons jamais vu les corps ! Il nous faut les examiner. Je n'ai pas les connaissances d'Arnaud, hélas, mais je devrais pouvoir me débrouiller et comparer les morsures infligées par Vaclav aux jeunes garçons à celle de Jakub, par exemple, qui est le plus récent.

— C’est en effet une très bonne idée, si tant est que les villageois nous laissent accéder au cimetière. Ce ne sera pas facile, mais les mages et moi ferons le nécessaire pour les y obliger.

Il lui adressa un franc sourire, qui réchauffa un peu le cœur d’Albrecht. Retrouver le chasseur lui faisait du bien, même s’il n’oubliait pas les divergences qui les avaient récemment opposés. Thomassin devait accepter un fait : Albrecht n’était plus le jeune moine sans défense qu’il était auparavant.

Le lendemain, une agitation inhabituelle pour le castel vide régnait dans la salle d’apparat lorsque Thomassin et Génovéfa émergèrent de leur chambrée. Albrecht paraissait surexcité, Zofia apaisée, l’intendant préoccupé. Il nota immédiatement l’allure d’Otto, qui se tenait en retrait, appuyé au montant de la cheminée monumentale. Il arborait un air à la fois satisfait et tendu. Un air que le chasseur lui connaissait bien et n’aimait pas du tout.

Le novice se jeta au-devant de son ami, lui criant presque :

— Jan vient de nous dire qu’il y a eu un nouveau meurtre ! Tu ne devineras jamais, c’est Stanislas ! C’est parfait, Vaclav est innocent ! D’une part, il ne l’a pas poursuivi lorsqu’il s’est enfui puis il était enfermé la nuit dernière ! Nous touchons au but !

— J’ai plutôt l’impression que nous repartons à zéro... mais soit. Tente de ne pas te réjouir autant de la mort de ce jeune homme devant sa famille, tout à l’heure. Un peu de retenue est nécessaire. Mais enfin, je suis soulagé que Vaclav soit hors de cause, il est essentiel pour l’empereur qu’il devienne le futur seigneur de Roztemberg.

— Pour le Conclave aussi ce jeune homme est important, intervint Otto. Vaclav ne quittera d’ailleurs sa prison que pour une autre. J’ai ordre de le ramener à Fribourg.

La phrase fut accueillie par un silence de mort et Thomassin serra les poings. Voilà donc ce que ce fourbe de mage fomentait depuis le début !

— C'est hors de question, objecta Dame Zofia, il reste au castel de ses ancêtres. Là est sa place.

— Un tel pouvoir ne peut demeurer sans surveillance. Avec tout le respect que je vous dois, vous avez démontré votre incapacité à circonscrire ce dernier. Seuls les mages peuvent lui venir en aide et lui apprendre à dominer ses instincts, c'est pour son bien. N'est-ce pas, Génovéfa ?

La respiration de Thomassin s'arrêta à ces mots et il se tourna vers sa compagne, le visage déformé par un rictus incrédule. La jeune femme baissa la tête tandis qu'un sourire satisfait se peignait sur les traits d'Otto. Le limier comprit en un instant qu'elle était au courant depuis le début, qu'elle était du côté de toute leur satanée confrérie. Il ferma les yeux, la gorge douloureuse, la trahison au cœur, ravalant sa honte de s'être fait avoir.

— Je vais être très clair, siffla-t-il à l'adresse du sorcier, je me range désormais au service de Son Altesse Impériale et par là même, des Roztemberg. Si vous voulez emporter Vaclav, il vous faudra me passer sur le corps.

— Ce ne devrait être qu'une formalité, lui asséna Otto.

Le chasseur éclata d'un rire rauque, désabusé.

— Vous me sous-estimez, comme toujours, mais vous oubliez un détail. Je suis plus vif que vous et surtout... je connais tous vos tours de pitoyable magicien de foirail ! Vous vous fiez trop à votre pouvoir et négligez les bases du combat. Votre orgueil sera votre perte.

— S'il est quelqu'un dont l'hubris ici dépasse les montagnes des Carpates, c'est bien vous. Restez à votre place, Von Knochen. Le fait de coucher avec une mageresse ne vous confère aucun droit.

C'en fut trop pour le limier qui se rua sur Otto et l'empoigna par le col de sa belle veste de velours rouge. Ce dernier ricana, ses pupilles s'allumèrent. Une odeur de chair brûlée s'éleva, mais Thomassin tint bon malgré la douleur qui se répandait dans ses phalanges.

— Il suffit ! intervint Albrecht, qui se jeta entre eux pour les séparer. Gardez vos forces pour vous opposer aux serfs qui ne manqueront pas de nous tomber dessus ! Je vous rappelle que cette affaire est loin d'être réglée. Laissons Vaclav encore sous bonne garde et descendons. Nous perdons du temps à nous diviser ainsi. Découvrons ce qui se trame ici, vous résoudrez vos désaccords plus tard.

Thomassin lâcha le mage avec brutalité, la paume tapissée de cloques rougeâtres et suintantes. Ses poings le démangeaient, il aurait tout donné pour effacer de son visage son sourire réjoui. Ses yeux croisèrent ceux, pleins de larmes, de Génovéfa qui esquissa un geste dans sa direction, mais il l'ignora. Il s'en voulait terriblement de s'être laissé distraire, d'avoir accordé sa confiance. Il aurait dû s'en tenir à sa ligne de conduite habituelle, mais cette garce aux prunelles émeraude l'avait ensorcelé. Les mages étaient tous fabriqués sur le même moule, une engeance qui salissait tout. Même un amour naissant.

Une foule hostile se dressait entre eux et le petit cimetière. L'espace disponible devant l'église, perchée sur son éperon rocheux, était empli d'hommes au regard noir, certains venus hache à la main. Au centre, Petr se tenait, bras croisés et sourire insolent sur ses traits taillés à la serpe.

Thomassin prit les devants pour protéger Sarah et Albrecht, mais ignora ostensiblement les deux mages.

— Que venez-vous faire ici ? Je vous ai déjà dit, on ne veut pas de vous ! Retournez chez l'empereur et emportez les misérables qui croient nous tenir lieu de suzerains !

— L'intendant nous a rapporté qu'une mort endeuille encore votre communauté, commença Otto d'une voix forte. Cessez donc d'incriminer vos seigneurs ! Ils n'y sont pour rien, vous en avez la preuve à présent ! Toute affirmation contraire contrevient à la loi du Saint Empire et aux volontés du Conclave.

— Nous ne savons rien du tout ! éructa l'autre. Ce ne sont pas des sorciers tels que vous qui vont nous convaincre de quoi que ce soit. Votre magie ne nous impressionne pas et votre langue est pour nous poison ! Tout ce qui sort de votre bouche est mensonge !

Thomassin ne put s'empêcher de songer que Petr n'avait pas tort. À trop déguiser et comploter dans les ombres, la confiance s'émoussait aussi vite que le tranchant d'une lame mal trempée.

— Nous cherchons juste à comprendre ! Nous voulons seulement vous aider à mettre fin à ces morts soudaines, qui vous privent des vôtres, tenta Albrecht. Nous pouvons affirmer que les comtes n'y sont pour rien, mais pour vous conforter, nous désirons vous le prouver ! Laissez-nous voir le corps de Stanislas. Je saurai vous donner la cause de son trépas. Je ne vous déguiserai rien. Je n'ai rien à gagner à vous mentir.

Les paroles mesurées du novice, qui n'était ni mage ni noble, frappèrent les paysans rassemblés. Certains échangèrent des regards, d'autres baissèrent les armes, prêts à leur céder le passage, mais Petr les rabroua bien vite.

— Vous ne pouvez pas voir la dépouille de Stanislas, trancha Petr. Sa famille veut l'enterrer dignement. Des inconnus ne peuvent pas interrompre la veillée.

— Je le conçois sans peine, le deuil est un moment qui doit se faire dans l'intimité. Stanislas doit recevoir les sacrements afin que son âme soit accueillie auprès de notre Seigneur Jésus-Christ. Dans ce cas, laissez-nous passer pour que nous exhumions Jakub. Il sera traité avec la plus grande déférence.

— Vous montrez enfin votre vrai visage ! mugit-il. Voyez, vous autres ! Ces impies osent venir nous demander de troubler le repos éternel de nos morts ! Allons-nous tolérer cette insulte ?

Cette fois, Thomassin sentit que c'était fini, ils avaient échoué. Des grondements furieux et des exclamations outrées montèrent de la bande rassemblée autour de Petr qui continuait de les haranguer, attisant leur animosité. Les visages redevinrent plus inamicaux que jamais. Les serfs avancèrent dans leur direction, menaçant la compagnie de leurs poings et de leurs armes improvisées.

— N'insiste pas, murmura Thomassin à Albrecht, c'est peine perdue. Nous avons mal joué notre partie. Préparez-vous à décamper. Maintenant !

Le bruit métallique des lames qui sortaient de leur fourreau résonna et les deux jeunes gens ne se firent pas prier
pour se mettre à courir en direction du castel. Des flammes
jaillirent des paumes d'Otto, tandis que Génovéfa élevait
entre eux et les serfs des buissons de ronces infranchis-
sables.

— Fuyez, tant que vous le pouvez, leur hurla Petr, quittez
ces terres pour de bon, ou vous périrez !

Chapitre XVII

Tutte le ore feriscono, l'ultima uccide

Le retour au castel se fit dans une tension presque palpable. Thomassin se tenait désormais le plus éloigné possible des magiciens, au grand dam de Génovéfa qui ne parvenait pas à lui glisser un mot. Sarah et Albrecht contèrent toute l'affaire à Zofia et Vaclav, horrifiés par leur récit.

— Nos serfs vous ont... menacés de mort ?

Questionna le futur comte, qui, sorti de sa réclusion, semblait reprendre des couleurs.

— Hélas, Messire, confirma le novice. Les plus jeunes sont fascinés par ce prêtre dévoyé qui paraît mener la révolte. Il nous a immédiatement confrontés, nous avons été dans l'impossibilité d'accomplir notre mission. Je m'excuse, Messire, nous vous avons fait défaut.

Le futur comte de Roztemberg lui adressa un sourire piteux, comme pour lui signifier qu'il ne lui en voulait pas.

— Ils sont très agités, prompts à s'enflammer, expliqua le novice inquiet. J'ai peur que, sous la houlette de Petr, ils ne s'en prennent au castel.

— Je vais ordonner que l'on ferme la porte, déclara Zofia d'une voix où perçait l'angoisse. Et que nos gens, enfin ceux qu'il nous reste, montent la garde et nous alertent au moindre mouvement.

— Je vous accompagne, ma Dame, déclara Maître Jan.

Une fois la comtesse et l'intendant disparus, un silence pesant s'installa. Le chasseur, qui s'était affalé sans manière dans un faudesteuil, la mine renfrognée, se redressa d'un bon.

— Si nous devons affronter une horde de paysans en colère et fanatiques, autant nous reposer ! Je vais me retirer dans ma chambrée.

Alors qu'il s'engouffrait dans l'escalier, Génovéfa le rattrapa, le souffle court.

— Thomassin ! le héla-t-elle d'une voix désespérée. Thomassin, je t'en prie !

Le chasseur se retint de gravir les marches quatre à quatre pour mettre la plus grande distance entre lui et la mageresse. Sa vue lui donnait à la fois envie de tout casser, de se saouler jusqu'à s'écrouler et de dormir pour effacer tout souvenir d'elle. Il lui fit face, décidé à affronter la jeune femme et ses mensonges une fois pour toutes.

— Que me veux-tu ?

— Parler, simplement parler.

— Pour ma part, je n'ai rien à te dire. Libre à toi de t'exprimer, je ne peux pas t'en empêcher. Rien ne me force à t'écouter, en revanche.

— Enfin, Thomassin, tu ne peux pas m'ignorer, mépriser ce que nous avons vécu ?

— Non, en effet, grinça-t-il. Je ne risque pas d'oublier la façon dont tu m'as menti et les subterfuges dont tu as usé pour endormir ma confiance, alors que tu savais que les tiens envisageaient de récupérer Vaclav, contre la décision de l'empereur. Mais jamais je n'aurais cru que tu t'abaisserais à me vendre tes charmes pour cela.

Dans un sifflement, la gifle partit. La joue du chasseur s'empourpra. Il sourit, de ce sourire qui déchirait parfois sa face lorsque la colère brûlait en lui, et qui lui conférait un visage effrayant. Sa cicatrice, boursouflée, dévoilait ses larges lèvres violacées. Pendant un bref instant, Génovéfa eut peur de lui. Peur, en vérité, de l'avoir perdu.

— Tu peux te sentir blessé et trahi, avança-t-elle humblement. Je le comprends, bien que je n'aie rien fait, à part conserver le silence sur quelque chose que tu ne m'as jamais demandé. En revanche, elle haussa le ton, plus ferme, je t'interdis de m'insulter de la sorte. Je ne me suis pas donnée à toi pour de vils motifs. Depuis le premier jour, depuis que l'on t'a amené à moi, ensanglanté et à moitié mort... j'ai rêvé de ce moment où...

Elle s'arrêta. Sa gorge se serrait, retenant ses mots et les larmes menaçaient ses beaux yeux verts.

— Ce moment où quoi ? Parle, Génovéfa ! Si tu ne t'es pas offerte à moi pour couvrir Otto, alors pourquoi ? Pourquoi ? Dis-le-moi...

Il la suppliait presque. Il voulait entendre, désespérément, ce qu'elle ressentait, ce qu'elle dissimulait au plus profond d'elle-même et qu'il éprouvait lui aussi, dans son cœur couturé. La magicienne leva les yeux vers lui, inspira, mais aucun son ne franchit ses lèvres. Elle était trop blessée pour parvenir à lui avouer ses sentiments. Elle fondit en larmes et Thomassin n'esquissa pas un geste pour la consoler.

— Quand tu sauras quoi me dire, grogna-t-il, tu sais où me trouver.

Petr se tenait sur le parvis de son église, seul. Il contemplait le soleil rougeoyant se coucher derrière les montagnes auxquelles la neige dessinait une couronne blanche. Il respira une grande goulée et tourna son faciès émacié vers le castel.

Dans les ombres qui s'étiraient, il gagna le cimetière et regarda les derniers rayons de l'astre du jour s'étaler en une lueur liquide. Un ciel violet couvrait la terre et absorbait toute la lumière. Il entendit un froissement d'étoffe derrière lui. Un immense sourire se peignit sur ses lèvres alors qu'une main aux ongles démesurément longs se posait sur son épaule.

— L'heure est venue, annonça une voix d'outre-tombe, froide comme un serpent.

Petr acquiesça vivement et un frémissement d'extase le parcourut des pieds à la tête. Enfin. Enfin, les Roztemberg vivaient leurs derniers instants.

Incapable de trouver le moindre sommeil après sa conversation avortée avec Génovéfa, Thomassin avait décidé de grimper dans la guérite de la grande porte pour surveiller les environs. La nuit venait de tomber, une nuit d'octobre humide et froide. Des lambeaux de brume recouvraient la vallée et il ne distinguait même pas les maisons du village. Seule l'église se découpait dans l'obscurité telle une sentinelle au-dessus d'une mer de nuages. Il se sentait las, triste alors que la tension du combat aurait dû courir dans ses veines, fourmiller dans ses membres. Il caressa par réflexe le pommeau de l'une de ses épées, bénite par l'évêque de Prague lui-même et se demanda soudain s'il pouvait encore faire appel à la force de la foi. Leur échec cuisant à Roztemberg le torturait. Il détestait ignorer ce qui se tramait dans les ombres, se sentir à la merci d'un prédateur inconnu. Il avait été aveugle tout ce temps, depuis leur départ de la capitale, oubliant de se fier à son instinct de chasseur.

Ce même instinct qui lui hurlait que quelque chose de terrible surgissait de la nuit, dissimulé sous le couvert d'une obscurité complice. Il sentait confusément son estomac se contracter. Le brouillard rampait au bas de la rampe d'accès, comme s'il montait à l'assaut de la forteresse, dissimulant une troupe sanguinaire. Les sens en alerte, il scruta l'obscurité avec avidité, à la recherche d'un signe. Il crut apercevoir un mouvement à dextre, comme une vague soudaine dans une onde calme. Quelque chose se tenait, tapie en bas. Quelque chose de maléfique dont il ne connaissait pas l'origine.

— Allumez les torches et le feu d'alarme ! hurla-t-il soudain aux deux pauvres sergents d'armes, penchés sur le brasero en quête d'un peu de chaleur. Préparez-vous au mieux, quelqu'un vient. Demeurez ici et ne bougez pas. Je reviens.

Il sauta sur l'échelle et cavala en direction de la porte du castel. Il manqua heurter maître Jan, plateau à la main.

— Où sont les autres ? l'interrogea-t-il.

— Dans la salle d'apparat, Messire. J'allais justement leur apporter de quoi se sustenter.

— Oublie ton vin et tes dragées, il n'est plus temps. Viens avec moi.

Il pénétra dans la pièce avec fracas. Tous se levèrent comme un seul homme devant son air résolu, fermé.

— Il est là, n'est-ce pas ? murmura Albrecht en se signant. Petr ?

— Oui, acquiesça Thomassin, et il n'est pas seul. Je ne sais pas ce que ce fol prépare, mais croyez-moi, ce n'est pas naturel. Ma Dame, dit-il à la comtesse, prenez votre fils et vos serves et, en compagnie de Jan, montez vous enfermer dans le donjon, dans la cellule la plus sûre que vous avez. Nous nous occupons de ces indésirables.

— Non, contesta Vaclav avec fermeté. Je ne vais pas tarder à me transformer, je ne peux demeurer avec les femmes, même si elles appartiennent à ma meute ! C'est mon château, mes gens. Je souhaite combattre, moi aussi.

— C'est hors de question, renchérit Otto. Vous ne vous maîtrisez pas sous votre forme de *volkodlak* ! Nous allons vous cloîtrer à nouveau avec l'aide de Génovéfa et...

Un hurlement terrible déchira le silence, suivi d'un bruit mat. Thomassin ferma les yeux. L'une des braves sentinelles était tombée. L'autre ne tarderait pas à la suivre dans la mort, avant que Petr et ses acolytes ne défoncent la porte principale pour les assaillir.

— Nous n'avons plus le temps pour cela. Et nous allons avoir besoin de tous les talents. Montez, indiqua-t-il à Zofia. Vaclav, hors d'ici, tout de suite, lui ordonna-t-il, constatant que le museau du vireloup commençait à poindre. Albrecht, Sarah, avec moi. Vous autres...

Il toisa les mages. Otto affichait un air contrarié, irrité de se voir voler le rôle de meneur, quand Génovéfa semblait attendre ses ordres.

— Crois-tu pouvoir les ralentir ? la questionna-t-il.

— Ronces, cactées, orties, aubépines... énuméra-t-elle. Tout cela devrait faire l'affaire.

— Fort bien. Alors, suis-nous jusqu'à la porte.

Ils abandonnèrent le mage de feu qui pesta avant de leur emboîter le pas, les pupilles flambant d'un éclat pourpre. Albrecht se pencha sur le corps disloqué du pauvre sergent qui gisait sur les pavés. La chute du haut des remparts l'avait tué sur le coup. Il récita une prière pour le salut de son âme, pendant que Sarah donnait vie au Golem. Une marque rougeâtre sur le cou de l'infortuné attira l'attention du novice. Il le retourna pour contempler avec effroi deux trous sanguinolents, ménagés à la base de son encolure. Une bile âcre monta dans sa gorge, la peur lui vrilla les entrailles. Il se releva d'un bon et courut vers Thomassin qui patientait, lames en avant.

— Je... Thomassin... le sergent...

Le chasseur regarda son ami en proie à une vive inquiétude. Ses mains tremblaient comme des feuilles, il bégayait. La crainte qu'il lisait dans ses yeux lui donna la nausée.

— Parle, Albrecht, parle ! Qu'as-tu vu ?

— Ce n'est pas possible... pas possible... Thomassin... Il est là.

Le limier crut qu'il avait mal saisi, mais n'eut pas le loisir de lui faire répéter. Dans un fracas assourdissant, la grande porte du castel éclata. Esquilles de bois, échardes et épines volèrent en tous sens. Ils se baissèrent pour se protéger, tandis que les plus gros morceaux de madriers tombaient en pluie sur leurs échines. Génovéfa agita les mains. Une haie de buissons épineux se dressa entre eux et leurs ennemis. Un grognement sourd déchira la poitrine de Vaclav, désormais sous l'emprise de son loup guerrier. Ses yeux jaunes fixaient la brume épaisse qui envahissait l'espace devant eux. Otto fit naître une couronne de feu autour d'eux.

Comme si la nuit l'avait engendré, Petr émergea du brouillard qui s'enroulait autour de lui tel un linceul. Il tendit les bras, le visage illuminé d'une expression extatique.

— Voyez, Maître, enfin ! Ils sont tous là, tous ceux que vous vouliez. Quant à moi, je m'offre tout entier à votre grâce, pour l'éternité !

À ces mots, une main griffue transperça sa poitrine de part en part, tenant dans sa paume rêche le cœur encore palpitant du prêtre. L'épouvante s'abattit sur Albrecht, qui chercha frénétiquement dans ses scapulaires le doigt de saint Théodulfe. Le poing émergea lentement, alors que le corps de Petr chutait à terre. Une longue silhouette émergea alors, une silhouette que Thomassin aurait reconnue entre mille. Une face sans âge, une bouche pincée, une pâleur de cendre. Les longs cheveux blancs de Conquête volaient autour de ses épaules, encadrant son front haut et ses iris à l'éclat glacial, morts. Le strigoï lécha avec ostentation le sang qui dégoulinait le long de son bras squelettique, puis planta ses crocs avides dans le cœur du prêtre maudit. Derrière lui, cinq individus émergèrent à leur tour. Plus aucun ne ressemblait à un homme. Leurs canines rougies débordaient sous leurs lèvres boursouflées. Leurs joues hâves, leur peau blême, tendue sur leurs pommettes saillantes, tout en eux hurlait leur transformation.

— Le grand, là, murmura Génovéfa. C'est Stanislas, non ?

— Je suppose que celui qui se tient à ses côtés est Jakub, flanqué des autres disparus. À l'exception du précédent abbé, j'imagine. Voilà pourquoi ce prêtre dévoyé nous a refusé l'examen des corps de ces malheureux. C'est parce qu'il n'y en avait pas...

Une fureur intense s'empara de lui. Le hurlement que poussa Vaclav électrisa ses sens. Il murmura les mots sacrés de l'Ancien Testament. Aussitôt, une lueur argentée émana des épées bénites, formant un halo destructeur. En face, Conquête sourit, tout à son plaisir de retrouver ses ennemis. Il leva la main, l'abattit. À ce signal, les goules feulèrent et se ruèrent sur eux.

Dans un cri à glacer le sang, Vaclav surgit des ombres, se jetant sur la première créature venue, griffes en avant. Il déchira sa gorge de ses crocs, le cruor dégoulinant sur sa fourrure sombre. Il ne resta bientôt plus de ce qui avait été Jakub qu'un amas de chair putréfiée. Thomassin profita de l'élan pour assaillir le strige, mais ce dernier, saturé du sanglant sacrifice innommable de l'abbé, esquiva son attaque. Il glissait sur le sol dans un mouvement surnaturel, tandis que ses acolytes fondaient sur les mages, vite mis en échec par la couronne de feu dressée par Otto. Des éclairs verdâtres jaillissaient des yeux de Génovéfa, tandis que des racines torses surgissaient de terre, fauchant au passage deux des morts-vivants.

Sarah ordonna au Golem de se jeter sur Stanislas. Le colosse d'argile enserra dans ses bras la goule pour l'étouffer de sa force surhumaine. Le chasseur, lui, se concentrait sur son adversaire. Il l'avait choisi. Un large sourire ironique ornait la face de Conquête, qui évitait toutes ses passes, sans répliquer. Fatigué de ce jeu, Thomassin se fendit largement. L'une des lames frôla la joue blafarde du vampire, ménageant dans sa chair morte une longue estafilade fumante. Le strigoï porta une main offusquée à son visage hiératique. Il feula à la face du chasseur, paume en avant. Un souffle puissant projeta le limier à terre où il demeura, plaqué par une force irrésistible. Sarah s'en aperçut et dirigea le Golem vers le manducator originel. Le colosse abandonna sa proie exsangue. Stanislas reprit ses esprits à une vitesse phénoménale. Il se jeta au travers des flammes sans même roussir ses vêtements. Il se trouva nez à nez avec Otto. Canines en avant, il lui hurla au visage. Déséquilibré, le mage tomba en arrière. La couronne de feu mourut instantanément, exposant les deux jeunes élèves à la vindicte des goules. Il n'eut pas le temps de les raviver, Conquête se matérialisa au-dessus de lui, un rictus malsain sur ses traits.

— NON ! hurla Thomassin pour couvrir le vacarme. OTTO ! VACLAV ! Aidez Otto !

Les oreilles du *volkodlak* interceptèrent l'intonation terrorisée dans la voix du chasseur. Il se redressa, huma l'air saturé de l'odeur cuivrée du sang et de la fumée. Ses yeux dorés fouillèrent le chaos jusqu'à ce qu'il repère le sorcier. L'instinct protecteur de la bête s'éveilla. Aux confins de sa conscience, l'esprit de Vaclav émergea. Pour la première fois, le monstre en lui reflua, lui accordant enfin la place qui lui revenait. Le vireloup se précipita sur le strigoï, alors que celui-ci se baissait vers le sorcier. Une terreur pure se lisait dans les yeux d'Otto. Il agitait les bras en mouvements désordonnés qui produisaient quelques flammèches inutiles. Conquête caressa sa joue de l'une de ses mains glacées. Ses ongles acérés imprimèrent dans sa chair de longues estafilades douloureuses. Le magicien tenta de se soustraire à son emprise à l'aide d'un ultime sort, mais la peur tétanisait ses membres. Le strige jeta un œil vers Thomassin toujours cloué au sol, impuissant. Il éclata d'un rire effrayant. Il enserra la nuque du mage de ses doigts puissants. D'un coup sec, il lui brisa les os.

Le mage s'écroula, un mince filet de sang au coin de sa bouche tordue par l'horreur, ses yeux désormais morts tournés vers le vide. Comme un boulet, Vaclav percuta le monstre vampirique qui mugit. Une lutte funeste s'engagea entre eux. Monstre contre monstre. Enfin libéré, Thomassin ignora la douleur qui déchirait son épaule et, le Golem sur ses talons, se rua pour lui prêter main-forte. Stanislas, flanqué d'une autre goule, se jetèrent en travers de leur chemin. La mâchoire de Vaclav claquait dans le vide, à quelques centimètres de la gueule de Conquête qui tentait de se débarrasser de lui.

En état de choc, plongé dans une sorte de léthargie, Albrecht s'agrippait au doigt de saint Théodulfe comme à une planche de salut. Il psalmodiait des prières de plus en plus vite. La lumière bénite l'entourait de son aura protectrice, refoulant les créatures démoniaques. Il se déplaça, pour englober Sarah dans la source de clarté et de vie, mais celle-ci bougeait sans cesse pour diriger le Golem. L'être de glaise écrasa l'un des striges mais fut aussitôt assailli par un second, ne laissant à la jeune fille aucun instant de répit. Le novice observa Thomassin qui se battait avec Stanislas, Génovéfa, qui tentait de maintenir au sol les deux autres monstres. Un sentiment d'impuissance envahit son cœur. Ses amis luttaient, il devait réagir.

Un bruit terrible ébranla les pierres du castel. Dans un souffle démoniaque, Conquête projeta Vaclav contre l'un des murs. Le vireloup poussa un jappement de douleur et s'effondra, la gueule sanguinolente, les yeux clos. La terreur saisit le jeune novice alors que celui qu'ils avaient baptisé *manducator originel* se redressait, empli de rage. Un lambeau de peau cadavérique, arraché par les crocs de la bête, pendait lamentablement sur ses clavicules comme si on avait tenté de lui retirer un masque hideux. Les tendons pâles, les veines bleuâtres, palpitantes d'une vie corrompue, apparaissaient au grand jour. Albrecht se retint de hurler.

Thomassin jeta un œil inquiet en direction de son ami, dénué de toute protection, catatonique. Il rassembla ses forces, inspira :

— *Malheur à vous, la terre et la mer,* éructa-t-il, *car le Diable est descendu chez vous, frémissant de colère et sachant que ses jours sont comptés.*[34]

Les lames bénites scintillèrent de leur éclat angélique, surnaturel. Il les abattit simultanément dans le dos de la créature qu'était devenu Stanislas. Elles pénétrèrent la chair morte comme une motte de beurre et dans un grésillement, la sectionnèrent en deux. Il franchit les morceaux fumants pour se précipiter au secours du novice. Conquête afficha un large sourire, un sourire qui glaça le sang dans les veines du limier.

— Je suis ravi de vous revoir, Maître Von Knochen, prononça-t-il de sa voix rauque, même après votre trahison. Ne vous méprenez pas, cependant, je ne suis pas venu pour vous.

Il fondit sur sa prochaine proie, alors que Thomassin atteignait enfin Albrecht, réalisant dans le même temps son erreur. Ce n'était pas lui que la goule millénaire visait, mais Sarah.

La jeune femme gémit, le cou emprisonné dans les griffes redoutables. Conquête la huma, attirant son visage contre le sien, plongeant ses yeux éteints dans les siens submergés de terreur. Son cri se figea dans sa gorge, elle battit des pieds, tentant de s'extirper de la poigne de fer pour toucher ses tatouages, mais c'était peine perdue.

— Albrecht, implora Thomassin, exténué. Albrecht, je t'en supplie, fais quelque chose !

Le garçon reporta son regard sur son ami, les yeux écarquillés, un air impuissant sur ses traits. La peur paralysait ses membres, l'empêchait de réfléchir.

— Sarah, sanglota-t-il. Oh, seigneur, Sarah !

— La croix ! rugit Thomassin, la vraie croix !

Un éclair soudain frappa l'esprit du novice, qui fourragea sous sa coule pour en retirer le présent de Karl IV. Ses

---

[34] Apocalypse selon Saint Jean, 11 : 12.

doigts malhabiles se refermèrent enfin sur le petit coffret, qu'il tenta d'ouvrir et manqua de laisser échapper dans sa précipitation. Conquête poussa un ricanement sinistre. Dans un simulacre odieux, telle une mère qui donnerait le sein à son enfant, il plaqua la face terrorisée de Sarah contre la blessure béante de son cou. La jeune femme hurla à pleins poumons, tourna la tête pour éviter la souillure, mais le mal était fait. Le liquide barbouillait sa face, maculait ses joues et coula dans sa bouche. Le strige plaqua une main sur son visage. De lourdes larmes sourdirent de ses yeux alors qu'elle avalait, de force, saturée d'épouvante, l'immonde fluide de l'immortel.

— Oui, AMEN ! vociféra enfin Albrecht en refermant les doigts sur le fragment sacré. *Et il me dit : c'est fait ! Je suis l'alpha et l'oméga, le commencement et la fin. À celui qui a soif je donnerai de la source de l'eau de la vie, gratuitement. Celui qui vaincra héritera ces choses ; je serai son Dieu, et il sera mon fils ![35]*

Une lueur prodigieuse, aveuglante, surgit du morceau de bois comme si elle émanait soudain d'Albrecht tout entier. Transfiguré, il continua de psalmodier d'une voix forte, tel un ange vengeur descendu des cieux. Thomassin se retrouva englobé dans la lumière. Autour de lui, les goules restantes poussèrent un gémissement inhumain. Certaines s'évaporèrent en une brume transparente, d'autres se liquéfièrent sous la flamme sainte. Conquête tourna la tête vers lui, grimaçant d'inquiétude. Il lâcha Sarah qui retomba à genoux sur le sol. Génovéfa se précipita vers elle et l'enserra dans une cage de branchages, la dissimulant à la vue du strigoï.

Ce dernier se dressa face à Albrecht qui continuait ses prières sans trembler. Il brandit le morceau de la vraie croix dans sa direction, dans un geste impérieux.

---

[35] Apocalypse selon Saint-Jean, 22 : 13.

— Voici, il vient avec les nuées. Et tout œil le verra, même ceux qui l'ont percé ; et toutes les tribus de la terre se lamenteront à cause de lui ![36]

À ces paroles, la lumière se dilata pour se concentrer en une lance étincelante, un rayon clair, mince comme une lame du plus pur acier. Elle embrasa tout l'espace et fusa vers Conquête. L'immortel s'écarta d'un bon, mais l'aiguillon resplendissant frôla ses flancs. Il se plia en deux, une fumée nauséabonde se dégageait de la blessure que l'arme divine lui avait infligée. Tout en feulant de désespoir, il esquissa un geste vif dans les airs. Une nuée noirâtre l'enveloppa comme un mantel sinistre. Dans un froissement irréel, il disparut.

Albrecht acheva sa prière et, exténué, échoua dans les bras de Thomassin. Ce dernier le soutint, osant risquer un œil autour de lui. La cour était jonchée des débris de la porte, certains madriers brûlaient encore. Une odeur âcre flottait, saturant ses narines. La dépouille d'Otto gisait plus loin, sa tête formant un angle impossible avec son corps. Thomassin n'aurait jamais imaginé éprouver une quelconque peine pour l'odieux magicien, mais la vision de son cadavre mutilé lui serra le cœur. Quant à Vaclav, il avait disparu. La bête s'était enfuie vers la forêt pour lécher ses blessures.

Les deux hommes s'approchèrent de Génovéfa, qui délivrait Sarah de son abri végétal. Elle émergea de sous les feuilles, blême, la face enduite du cruor maléfique qui poissait son menton. Elle pleura, mais aucun sanglot ne jaillit de sa gorge. Dans un geste affolé, elle la palpa, l'air hagard, le regard vide, accablée. Sans un mot, elle enfonça d'un coup ses doigts dans sa bouche et se courba en avant pour vomir. Seule une bile noirâtre franchit ses lèvres alors qu'elle toussait.

— Sarah... chevrota Albrecht.

---

[36] Apocalypse selon Saint-Jean, 1 : 7.

Il tendit une main avec douceur pour la poser sur son épaule, mais elle le repoussa violemment, les yeux exorbités.

— Ne me touche pas ! hurla-t-elle d'une voix aiguë. Tu me brûles !

Albrecht recula, saisi par l'horreur de ces mots, le cœur brisé par l'expression effrayée qui se peignait sur le visage de sa dulcinée, les dents en avant tel un animal aux abois.

— Oh, Albrecht, pardonne-moi, mon amour, gémit-elle. Il m'a maudite, comprends-tu ? Je suis damnée, pour l'éternité !

Épilogue

Fribourg, novembre 1351

La nuit était depuis longtemps tombée sur Fribourg lorsque Nicolas de Sienne releva la tête de son pupitre, les yeux rougis. Par l'étroite fenêtre, il apercevait les toits qui se couvraient de givre. Il approcha sa main de la flamme de sa lampe à graisse pour en éprouver la chaleur. Un froid pénétrant avait saisi la ville en ces ultimes jours de l'automne, où la lumière disparaissait de plus en plus tôt. Les rives de la Sarine en étaient toutes gelées, la végétation rabougrie pendait sur les berges vides.

Il soupira. Son haleine se mua en une épaisse buée. Il se leva et souffla sur les braises du brasero pour les raviver. Ces dernières rougeoyèrent timidement, avant de s'étouffer tout à fait. Surpris, il se saisit de sa lampe, mais la flamme expira brusquement, comme si un courant d'air vicieux venait de l'éteindre. Le professeur se retrouva plongé dans une obscurité presque totale. À tâtons, il chercha son briquet dans les pans de sa large robe sombre. Alors qu'il mettait la main dessus, un vent glacé le fit frissonner. Il se retourna, une peur irrationnelle lui tordant les entrailles. Il suspendit son geste, scruta la nuit, persuadé qu'il n'était pas seul. Il ne distingua pourtant rien d'anormal dans les ombres. Peu rassuré, il décida de regagner sa chambre. Il en avait assez pour ce soir. Il allait se saisir du parchemin qu'il étudiait lorsqu'il fut saisi à la gorge. Comme si l'obscurité l'avait engendrée, une main à la poigne de fer, aux ongles démesurément longs, le souleva de terre avec une force surhumaine. Nicolas chercha l'air, suffoqua, tandis que ses pieds quittaient le sol. Une face hideuse, pâle comme la mort elle-même, à la peau ridée et aux lèvres fines retroussées sur deux canines aussi luisantes que des poignards se rapprocha de la sienne.

— Où est le manuscrit atlante ? feula la créature de la nuit, la colère miroitant dans ses pupilles laiteuses.

Le professeur sentit une onde de terreur pure traverser son corps alors que sa vessie se relâchait. Conquête esquissa un rictus dédaigneux envers l'humain. Quels êtres vils, barbares, soumis à leurs besoins naturels !

— Tu possèdes quelque chose qui m'appartient. Ma patience est passablement émoussée ces temps-ci. Aussi, je te conseille de me répondre rapidement. Peut-être que je te laisserai la vie sauve, continua-t-il.

Paralysé par l'horreur, Nicolas ne parvenait pas à parler, la trachée comprimée par la force phénoménale du mort-vivant. Ce dernier relâcha son étreinte et il put reprendre une grande goulée d'air. Ses élèves n'affabulaient pas, leurs conclusions se révélaient justes : le manuscrit provenait bien de l'île bienheureuse, engloutie sous l'ire des Dieux des païens... Il adressa une prière muette au Seigneur, lui demandant de pardonner le péché atroce qu'il allait commettre.

—Je... je ne l'ai plus... c'est... Albrecht et Sarah me l'ont repris, il y a plusieurs mois, lorsqu'ils ont quitté les rangs de l'Academia...

Le strigoï émit un sifflement sinistre, tel celui d'un serpent. Il serra ses doigts fantomatiques autour du coup de l'infortuné Nicolas. Ce dernier suffoqua, sa peau virant au rouge, puis au violet. Ses yeux, exorbités, se couvrirent de marbrures sanguinolentes à mesure que les vaisseaux en éclataient comme des fruits trop murs. Il se débattit de façon pathétique entre les paumes toutes puissantes de l'immortel, expirant son dernier souffle. Conquête lâcha son corps inerte qui s'affala mollement à ses pieds. Il repoussa avec mépris le cadavre inutile du bout de sa chausse, avant de se diriger vers le pupitre. Il parcourut les lignes avec des yeux voraces. Thomassin et ses compagnons approchaient de la vérité. Il cracha dans les ombres.

Albrecht. La figure du jeune novice se dessina dans son esprit immortel. Le souvenir cuisant de l'éclair de lumière le frappa, il porta une main à ses côtes encore douloureuses. Furieux, il se sentit trembler sous la réminiscence de la panique qui l'avait envahi. Cette peur qu'il n'avait pas éprouvée depuis des siècles et des siècles, celle de disparaître à jamais. S'il avait pu deviner qu'une telle puissance se dissimulait dans le jeune garçon, il se serait d'abord attaqué à lui. Au moins, il avait réussi à lui briser le cœur en ravissant la jeune kabbaliste.

Et sa vengeance ne s'arrêterait pas là. Rien ne devait demeurer en travers de son chemin.

Lui, Conquête, serait bientôt le nouveau maître de cette terre.

FIN

Mot De L'Autrice
Adiù !

Ce tome regorge de références diverses à des légendes tirées du folklore de l'est de l'Europe, mais pas seulement.

Saviez-vous qu'un basilic dort dans la fosse Dionne, à Tonnerre, dans l'Yonne ?

Et connaissez-vous les crieurs, ou appeleurs, ces créatures inhumaines et nocturnes qui appellent les égarés pour les attirer dans un piège ou les avertir d'un danger ?

Les dames blanches hantent souvent les châteaux anciens, comme à Veauce dans l'Allier ou à Puymartin. On raconte que l'une d'entre elle erre dans les couloirs du château de Pernstejn, inspiration de celui des Roztemberg. Selon Érasme : « *Un des faits les plus connus demeure l'apparition de la dame blanche aux familles princières* », et il n'est pas une famille influente qui ne possède la sienne. Elle apparaît alors à certains membres pour leur délivrer de funestes présages...

Karl IV, empereur occultiste, féru d'alchimie et d'astrologie, savait-il que la famille de Luxembourg possédait la sienne ?

Lorsqu'on évoque les Carpates, on songe bien évidemment à la Roumanie et au comte Dracula, mais la chaîne de montagnes s'étend également à la frontière entre l'actuelle Slovénie et la Tchéquie, prenant ici le nom de Carpates blanches. Dans des paysages grandioses, les légendes prennent vie. Les Volkodlak, par exemple, sont des loups-garous guerriers issus de la mythologie slave. Ils ne vieillissent pas, leurs tissus se régénèrent en permanence, ils sont pratiquement immortels.

Je vous dis à très bientôt pour la suite des aventures de Thomassin.

En attendant, ne traînez pas trop sur les chemins déserts pendant la nuit, qui sait ce que vous pourriez rencontrer à un carrefour ?

C'est l'heure de remercier tous ceux qui ont participé, de près comme de loin, à l'écriture de cet ouvrage.

Tout d'abord mon époux, Emmanuel, qui, par sa présence discrète mais rassurante, me laisse travailler tranquillement et m'accompagne toujours dans mes aventures rocambolesques.

Mon alpha lecteur ensuite, Stéphan, qui me suis depuis le tout début et s'enthousiasme à chacun de mes projets. Ma team de bêta-lectrices : Sienna, bien entendu, toujours fidèle au poste pour chacun de mes romans. Je ne te dirai jamais assez merci. Mes autres bêta : Audrey, May, Simonne... des autrices de talent, adorables mais aussi intransigeantes ! Merci encore pour votre aide.

Merci à Danièle, correctrice de ce volume, merci pour ce travail patient et méticuleux !

Merci à Jennifer, pour avoir su réaliser cette couverture, car trouver un personnage en dehors des clichés physiques habituels n'était pas une mince affaire et à Lily pour la superbe mise en page !

Merci à vous, lectrices et lecteurs, que ce soit votre premier roman de ma main ou que vous soyez une ou un fidèle, mes succès dépendent de vous, merci de votre confiance et à bientôt, pour de nouvelles aventures médiévales !

L'Autrice

Autrice de romans historiques se déroulant à la période médiévale, je souhaite offrir aux lecteur.ice.s spirituel.le.s et engagé.e.s qui ont besoin d'évasion, mais qui aiment aussi apprendre, des romans historiques et de fantasy médiévale. Ils vous transporteront au-delà des limites du temps et de l'espace, dans une autre époque, où les sentiments et les émotions sont pourtant proches de ceux que nous connaissons.

Cathares, templiers, nobles, inquisiteurs, chasseurs, guérisseuses et chevaliers se côtoient, se mêlent et se livrent des luttes sans merci pour le pouvoir et pour l'amour, au cœur de l'occident médiéval.

Les aventures d'Amaury de Villiers, une trilogie historique.
Absolution, les aventures d'Amaury de Villiers, tome 1
Le temps des Assassins, les aventures d'Amaury de Villiers, tome 2

Les Mirages de Terre Sainte - Explora Éditions
(préquel des aventures d'Amaury de Villiers)

Les chroniques de Thomassin Von Knochen, une saga de fantasy médiévale.
Les Chroniques-de-Thomassin-Von-Knochen-Tome 1 - Pestilence

La geste de Messire Gautier de Périlleux et autres nouvelles